AGIDE

AGIDE

TRAGÉDIE

DE

Vittorio ALFIERI

NIMES
IMPRIMERIE GÉNÉRALE
P. GELLION & BANDINI
21, Rue de la Madeleine, 21

1911

AGIDE

TRAGÉDIE

de

VITTORIO ALFIERI

PRÉFACE DE L'ÉDITEUR

Je me fais un devoir d'éditer cette tragédie d'Alfieri sur Agis, roi de Sparte, parce que je pense que les jeunes gens ne peuvent que gagner à sa lecture. Un idéal des plus nobles, l'amour de la patrie, y est exalté.

A notre époque il est un idéal encore plus élevé que certains proposent à la génération actuelle ; c'est l'amour de l'humanité : mais il est à craindre qu'à vouloir viser trop haut, on ne dépasse le but. Sans doute l'idée de patrie, enfermée d'abord dans des bornes étroites comme du temps d'Agis, a gagné en étendue par le fait de la marche progressive du genre humain ; sans doute elle est appelée à une extension plus grande par suite des magnifiques inventions qui rapprochent les distances. Elle finira par s'absorber dans l'idée d'humanité entière ; mais, à considérer la face du monde, la physionomie particulière des nations, l'état rudimentaire de civilisation de la plupart d'entr'elles, leur mentalité, les mauvaises passions de la nature humaine, il semble bien que nous sommes encore loin de cette ère grandiose. Le peuple qui voudrait devancer les temps, qui mettrait en pratique et ferait passer dans ses institutions les extrêmes conséquences de cet idéal, l'amour de l'humanité, se verrait bientôt le jouet et l'esclave des autres peuples.

Prenons garde, d'ailleurs : la manière dont l'amour de l'humanité est prôné par certains, de nos jours, ne dénote-t-elle pas une exaltation du moi, un égoïsme naïf, plutôt qu'un véritable appel à la solidarité, à la fraternité universelle ?

Mais ce n'est pas le lieu de s'étendre sur ce sujet et je crois que nous devons nous en tenir encore à l'amour de la patrie si nous voulons mettre en action à notre époque la solidarité humaine et préparer la réalisation future de l'amour de l'humanité entière.

L'héroïsme d'Agis, le portrait tracé par Alfieri de sa grande âme, le patriotisme et les sentiments virils de sa mère Agésistrate sont propres à exalter dans nos âmes l'amour de la patrie. La basse vulgarité d'un Léonidas, l'ambition effrénée et sans scrupule d'un Amphare nous inspirent un profond mépris pour le caractère vil des ambitieux de haut rang comme de bas étage, pour lesquels notre siècle a inventé le néologisme d'*arrivistes.* La vertu et la douceur d'Agiziade répandent sur ce drame un charme qui adoucit quelque peu le tragique du sujet.

Alfieri dans sa tragédie s'est écarté en plusieurs points de l'histoire. Aussi semble-t-il opportun pour l'instruction du lecteur de donner des extraits de Plutarque, qui a écrit la vie d'Agis.

EXTRAITS DE LA VIE D'AGIS

d'après *Plutarque* (traduction Dacier)

Après que l'amour de l'or et de l'argent se fut glissé dans la ville de Sparte, que l'avarice accompagna la possession des richesses, et que celles-ci engendrèrent, le luxe, la mollesse, la dissipation et la volupté, Sparte se vit déchue de sa grandeur passée et se trouva indignement ravalée et réduite à un état d'humiliation et de bassesse qui dura jusqu'au temps du règne de Léonidas et d'Agis, rois de Sparte (1).

....

Quoique tous les Spartiates fussent déjà abâtardis par la corruption générale où était tombé le gouvernement, il y avait cependant chez Léonidas une dépravation plus marquée et un éloignement

(1) Sparte avait deux rois régnant de concert

plus sensible des mœurs et des usages de son pays, comme chez quelqu'un qui avait fréquenté longtemps les palais des Satrapes, qui avait vécu plusieurs années à la cour de Sélencus (1) et qui, ensuite, sans garder ni mesure, ni bornes, avait voulu transporter cet orgueil et ce faste chez les Grecs et dans le gouvernement.

Mais Agis, en heureux naturel et en grandeur d'âme surpassa non seulement Léonidas, mais encore presque tous ceux qui avaient régné après Agésilas le Grand. N'ayant pas encore vingt ans accomplis, quoiqu'il eut été nourri dans les richesses, dans le luxe et dans les délices de sa mère Agésistrate et de son aïeule Archidamie, qui avaient plus d'or et d'argent que tous les autres Lacédémoniens ensemble, il renonça à tous les plaisirs, rejeta toutes les parures et les vains ornements, dépouilla toute sorte de magnificence, et fit gloire d'aller vêtu d'une simple cape, et de rechercher les repas, les bains et toute l'ancienne manière de vivre de Sparte, disant hautement qu'il n'aurait que faire d'être roi, si par le moyen de la royauté il n'espérait faire revivre les lois et rétablir dans son ancienne vigueur la discipline de Lycurgue.

. . . .

Il trouva d'abord contre son attente les plus jeunes disposés à lui obéir et tout prêts à embrasser

(1) Sélencus II, roi de Syrie.

la vertu, et à quitter pour la liberté leur manière de vivre, comme on quitte un méchant habit pour un meilleur. Mais la plupart des vieux déjà entièrement corrompus, envisagèrent comme une chose très redoutable la réforme de Lycurgue et tremblèrent au seul nom de ce législateur, comme des esclaves fugitifs que l'on ramène à leurs maîtres. Aussi blâmaient-ils extrêmement Agis quand il déplorait l'état présent des choses, et que, regrettant l'ancienne dignité de Sparte, il cherchait les moyens de la rétablir.

Il n'y eut que Lysandre, Mandroclidas et Agésilas qui approuvèrent ses vues et qui le poussèrent fortement à les exécuter........................
Agésilas, oncle d'Agis, était très éloquent ; mais possédé de l'amour des richesses. Il était excité et aiguillonné par son fils Hippomédon qui s'était acquis beaucoup de gloire dans plusieurs combats et qui avait beaucoup de crédit et d'autorité à cause de l'affection que lui portait toute la jeunesse. Mais la véritable raison qui poussa Agésilas à entrer dans les desseins d'Agis, ce fut la quantité de dettes dont il était accablé et dont il espérait se décharger sans bourse délier en changeant le mode de gouvernement.

....

Agis étant venu à bout de faire élire Lysandre éphore, porta d'abord au Conseil une ordonnance dont les principaux articles étaient : que tous les débiteurs seraient déchargés de leurs dettes ; que de toutes les terres qui étaient depuis la vallée de Pollène jusqu'au mont Taygète, au promontoire de Mallée et à Sellasie, on ferait quatre-mille-cinq-cents lots ; que de celles qui étaient au delà de ces limites, on en ferait quinze mille ; que ces portions seraient distribuées à ceux du voisinage qui étaient en état de porter les armes et que celles qui étaient en dedans seraient pour les Spartiates naturels, au nombre desquels on compterait les voisins et les étrangers qui auraient eu une éducation honnête et noble, et qui se trouveraient bien conformés de leur personne et à la fleur de l'âge ; qu'ils seraient tous distribués en quinze tables, dont la moindre serait de deux-cents et la plus forte de quatre-cents, et qu'ils observeraient tous la même manière de vivre et la même discipline que leurs ancêtres.

Cette ordonnance ayant été écrite et les sénateurs n'étant pas tous de cet avis, Lysandre fit assembler le peuple et parla fortement à ses concitoyens pendant que de leur côté Mandroclidas et Agésilas les excitaient en leur disant que, pour complaire à un petit nombre qui même les insultait et les foulait aux pieds, ils ne vissent pas d'un œil indifférent la dignité de Sparte entièrement avilie et perdue.

. . . .

Le roi Agis s'avançant au milieu de l'Assemblée, après un discours fort court, dit qu'il allait contribuer pour sa part au gouvernement qu'il voulait établir, et qu'il mettait en commun tous ses biens qui étaient très considérables, lesquels consistaient en terres labourables, en pâturages et en six-cents talents d'argent ; que sa mère et sa grand'mère allaient faire la même chose, aussi bien que tous ses parents et ses amis qui étaient les plus riches des Spartiates.

....

Mais alors le roi Léonidas levant le masque, (*Il n'avait pas osé jusqu'à ce moment s'opposer à Agis en face et à visage découvert, mais sous main il cherchait à faire échouer ses desseins*), s'opposa à lui de tout son pouvoir.

....

Tout le peuple suivit le parti d'Agis, et tous les riches se rangèrent du côté de Léonidas et le prièrent de ne pas les abandonner.

....

Lysandre qui avait été nommé éphore, appela Léonidas en jugement..........................
En même temps il persuada à Cléombrotus, gendre de Léonidas, d'intervenir au procès contre son beau-père et de demander la couronne, comme étant de la race royale.

Léonidas effrayé de la poursuite dont il craignait l'issue, alla se réfugier dans le temple de Minerve et la femme de Cléombrotus, quittant son mari, alla solliciter pour son père en se rendant suppliante avec lui. Léonidas fut donc sommé de se présenter, et, comme il ne comparut point, on lui ôta le royaume, et on le donna à son gendre Cléombrotus.

Dans ce temps-là Lysandre sortit de charge, son temps étant expiré. Les éphores qui lui succédèrent rétablirent Léonidas qui s'était jeté entre leurs mains, et intentèrent un procès à Lysandre et à Mandroclidas sur ce que, contre la loi, ils avaient décrété l'abolition des dettes et le nouveau partage des terres. (*Lysandre et Mandroclidas se voyant en danger persuadent à Agis et à Cléombrotus de faire un coup d'état*). Les deux rois se rendent à l'assemblée, font sortir les éphores de leurs sièges, en établissent d'autres à leur place, du nombre desquels Agésilas. Ayant fait prendre les armes à quantité de jeunes gens et délivré les prisonniers, ils se rendirent très redoutables à leurs ennemis qui crurent qu'ils allaient faire main-basse sur eux.

Cependant on ne tua personne ; au contraire, Agésilas ayant voulu faire tuer Léonidas comme il s'enfuyait à Tégée (1), et ayant envoyé après lui des gens pour exécuter ce meurtre, Agis, qui en fut averti, dépêcha en même temps des gens fidèles qui accompagnèrent Léonidas, et le rendirent en sûreté à Tégée.

L'entreprise allant donc ainsi son train, et n'y ayant personne qui y fit aucune opposition, Agé-

(1) Tégée, ville de l'Arcadie, près des confins de la Laconie.

silas renversa et ruina tout par son avarice ; car, comme il possédait une des plus grandes et des meilleures terres du pays, et qu'il n'était ni en état de payer ses dettes, ni en volonté d'abandonner sa terre pour la mettre en commun, il persuada à Agis que le changement serait trop grand, trop violent et même trop dangereux, si on entreprenait de faire passer en même temps l'abolition des dettes et le partage des terres ; mais que, si on commençait d'abord à gagner les possesseurs de terre par l'abolition des dettes, ils supporteraient ensuite le partage des terres avec plus de douceur et de facilité.

Cet expédient fut goûté par Lysandre même, trompé par Agésilas. Prenant donc aux créanciers tous leurs contrats, ils les portèrent sur la place publique, les assemblèrent en un monceau et y mirent le feu.................................

Incontinent après le peuple demanda qu'on fit aussi le partage des terres et les rois ordonnaient que cela s'exécutât ; mais Agésilas faisant toujours naître de nouvelles difficultés pour l'empêcher, et alléguant prétextes sur prétextes, gagna du temps jusqu'à ce qu'Agis fut obligé de partir à la tête d'une armée ; car les Achéens, alliés de Lacédémone, leur avaient envoyé demander du secours contre les Etoliens qui menaçaient d'entrer par les terres des Mégariens dans le Péloponèse.......

Aratus, chef des Achéens, résolut de ne pas combattre et congédia ses alliés. Agis reprit avec ses troupes le chemin de Sparte où les affaires étaient embrouillées et où il trouva un grand changement. Agésilas, qui était éphore, se voyant par le départ d'Agis délivré de la crainte qui le rendait auparavant bas et timide, avait tout osé et ne s'était abstenu d'aucune injustice qui pouvait lui apporter quelqu'argent ....

Se voyant haï de tout le monde, il prit et entretint des satellites qui lui servaient de gardes lorsqu'il allait au Sénat ; et quant aux deux rois, il témoignait pour l'un beaucoup de mépris et voulait qu'on crût que l'honneur qu'il portait à l'autre était un respect qu'il rendait plutôt à la parenté dont il était lié avec lui qu'à sa dignité de roi. Il fit courir le bruit qu'il serait encore éphore l'année suivante. C'est pourquoi ses ennemis se liguant promptement ensemble et s'exposant au dernier péril pour éviter les maux dont ils étaient menacés, firent venir ouvertement Léonidas de Tégée, et le rétablirent sur le trône, à la grande satisfaction du peuple même qui était très irrité de voir qu'on l'avait abusé par l'espérance d'un partage de terres qu'on n'avait point exécuté.

Pour ce qui est d'Agésilas, son fils Hippomédon qui était bien vu de tout le monde à cause de sa valeur, fit tant par ses prières auprès de ses concitoyens, qu'il le tira d'affaire et le sauva. Quant aux deux rois, Agis se réfugia dans le temple de Minerve, et Cléombrotus alla se rendre suppliant dans celui de Neptune ; car c'était contre lui que Léonidas paraissait le plus irrité. Aussi laissant là Agis, il alla d'abord à Cléombrotus avec une troupe de soldats ; et étant entré dans le temple, il lui reprocha avec emportement de s'être élevé contre lui, étant son gendre, de lui avoir ôté le royaume et de l'avoir chassé de sa patrie.

Cléombrotus n'avait rien à répondre à ces reproches ; mais il se tenait là assis dans un profond silence et avec une contenance qui marquait son embarras. Sa femme Chélonide, fille de Léonidas, avait d'abord embrassé le parti de son père ; elle quitta son mari, sans balancer, après qu'il eut usurpé le trône ; et se rendit la compagne de son père dans ses malheurs, le servant, ne l'abandonnant point pendant qu'il resta à Sparte, et se rendant suppliante pour lui. Pendant son exil,elle persévéra dans son deuil, toujours pleine de ressentiment contre son mari. Mais, au retour de son père, changeant avec la fortune, on la vit assise auprès de Cléombrotus,suppliante comme lui et le tenant tendrement embrassé, avec ses deux enfants à ses pieds, l'un d'un côté, l'autre de l'autre.

Tous ceux qui étaient présents fondaient en larmes et admiraient la vertu et la charité de cette femme et cet amour conjugal. Cette pauvre femme montrant ses habits de deuil et ses cheveux épars et négligés : « Mon père, s'écria-t-elle, ces habits si lugubres, ce visage abattu et cette grande affliction où vous me voyez, ne viennent point de la compassion que j'ai pour Cléombrotus ; ce sont les restes et les suites du deuil que j'ai pris pour tous les maux qui vous sont arrivés et pour votre fuite de Sparte. Que faut-il donc que je fasse maintenant ? Faut-il que, pendant que vous régnez à Sparte, et que vous triomphez de vos ennemis, je continue à vivre dans la désolation où je me trouve ? Ou faut-il que je prenne des robes magnifiques et royales, lorsque le mari que vous m'avez donné dans ma jeunesse, je le vois sur le point d'être égorgé de vos propres mains ? »................

....

En faisant ces lamentations, Chélonide appuyait son visage sur la tête de Cléombrotus et tournait sur les assistants des yeux abattus par la tristesse et dont les larmes avaient terni l'éclat.

Léonidas, après avoir parlé un moment avec ses amis, ordonna à Cléombrotus de se lever et de sortir promptement de Sparte. En même temps il pria instamment sa fille de demeurer et de ne pas l'abandonner après la marque de tendresse qu'il venait de lui donner en lui accordant cette faveur insigne, le salut de son mari ; mais il ne put la persuader. Dès que son mari se fut levé, elle lui remit un de ses enfants entre les bras, prit l'autre entre les siens, et, après avoir fait sa prière au Dieu et adoré son autel, elle alla en exil avec Cléombrotus ; de sorte que, s'il n'eut eu le cœur entièrement corrompu par la vaine gloire et l'ambition démesurée de régner, il aurait trouvé que l'exil avec une compagne si vertueuse était pour lui un bonheur préférable à la royauté.

Après que Léonidas eut chassé Cléombrotus il se mit à tendre des embûches à Agis. Il tâcha d'abord de lui persuader de quitter son asile et de venir régner avec lui. Il lui faisait entendre que ses concitoyens lui pardonnaient tout le passé, parce qu'ils voyaient qu'étant encore jeune, désireux d'honneur et sans expérience, il s'était laissé tromper par Agésilas. Mais comme Agis doutait de la sincérité de ces paroles et qu'il s'opiniâtrait à demeurer dans le temple, Léonidas renonça au dessein de l'abuser par de faux semblants. Amphares, Démocharès, et Arcésilas, qui avaient accoutumé de lui rendre souvent visite, lui continuèrent leurs soins,et quelquefois ils le menaient du temple jusqu'aux étuves. Après qu'il s'était baigné, ils le ramenaient en sûreté dans le temple.

Il arriva un jour qu'Ampharès avait emprunté d'Agesistrate, mère d'Agis, de riches tapisseries et de la magnifique vaisselle d'argent. Ces richesses lui firent naître l'envie de trahir le roi et les reines, dans l'espérance que ces meubles précieux lui demeureraient. On dit même que ce fut lui qui, plus que les deux autres, prêta l'oreille, pour le trahir, aux suggestions de Léonidas et qui excita le plus contre Agis les éphores, du nombre desquels il était.

Agis demeurait donc dans le temple ; mais comme il sortait quelquefois pour aller au bain, ils résolurent (1) de profiter d'un de ces moments pour le surprendre. Un jour qu'il revenait du bain, ils vont au devant de lui, le saluent, et marchent à ses côtés, s'entretenant et badinant avec lui, comme ils avaient coutume de faire avec un jeune homme qui était leur familier. Le chemin qu'ils tenaient avait un détour qui menait à la prison ; lorsqu'ils furent arrivés là, Ampharès, en vertu de sa charge, mit la main sur Agis, et lui dit : « Agis, je te mène aux éphores, pour leur rendre compte de ton administration politique ». Alors Démocharès, qui était grand et fort, lui jette son manteau autour du cou et l'entraîne, pendant que d'autres, qui avaient été apostés, le poussaient par derrière. Personne ne se trouvait dans ce lieu désert pour secourir Agis ; ils le jetèrent dans la prison ; et Léonidas arriva sur le champ avec bon nombre de soldats mercenaires, qui environnèrent la prison au dehors.

Les éphores entrent auprès d'Agis, et font venir dans la prison ceux des sénateurs qui partageaient leurs desseins ; puis, comme s'il s'agissait d'instruire le procès d'Agis, ils le somment de justifier les mesures qu'il a décrétées. Le jeune homme s'étant mis à rire de leur dissimulation : « Tu pleureras bientôt, lui dit Ampharès, et tu porteras la peine de ta témérité ». Un autre éphore faisant semblant de favoriser Agis, et de lui montrer un

(1) Ampharès, Démocharès et Arcésilas.

expédient pour échapper à la condamnation, lui demanda s'il n'avait pas été forcé d'agir comme il l'avait fait par Lysandre et par Agésilas. « Je n'ai été contraint par personne, répondit Agis ; j'ai pris Lycurgue pour modèle et j'ai voulu rétablir ses institutions ». — « Mais, reprit l'éphore, ne te repends-tu pas de ce que tu as fait ? » — « Non, répondit le jeune homme, je ne me repends point d'avoir conçu la plus belle des entreprises, quoique je voie le supplice qui se prépare ».

Ils le condamnèrent à mort, et ils ordonnèrent aux exécuteurs de l'emmener dans la Déchade, comme on appelle une chambre de la prison où l'on étranglait les condamnés à mort. Mais les exécuteurs n'osaient toucher Agis, et les soldats mercenaires refusaient aussi comme eux d'obéir : c'était, pensaient-ils, chose injuste et contraire aux lois de porter la main sur la personne du roi. Démocharès, à cette vue, les menaça, les accabla d'injures, et traîna lui-même Agis dans la chambre des exécutions. Déjà le peuple, informé de l'arrestation d'Agis, se portait en tumulte et avec des flambeaux aux portes de la prison ; et sa mère et son aïeule y étaient accourues, demandant à grands cris qu'on accordât au moins au roi de Sparte d'être entendu et jugé par ses concitoyens. Ils hâtèrent donc sa mort, de peur que, si la foule venait à s'augmenter, on ne leur enlevât Agis à la faveur de la nuit. Tandis qu'on le traînait au supplice, il vit un des exécuteurs à qui son infortune faisait verser des larmes. « Mon ami, lui dit-il, cesse de pleurer ; car, en périssant ainsi contre les lois et la justice, je suis plus heureux que ceux qui m'ont condamné ». Et, après avoir dit ces mots, il présenta de lui-même son cou au cordon.

Ampharès sortit aussitôt à la porte de la prison, où Agésistrate vint se jeter à ses pieds, car il avait toujours vécu avec elle dans une étroite amitié. Il la releva, et lui dit qu'on n'userait d'aucune violence, qu'on ne se porterait à aucune extrémité contre Agis, ajoutant qu'elle était libre, si elle le voulait, d'entrer auprès de son fils. Et comme Agésistrate demanda qu'il fut permis à sa mère de l'y suivre : « Rien ne s'y oppose, » répondit Ampharès ; et les ayant fait entrer toutes deux, il commanda qu'on ferma les portes. Il livra d'abord à l'exécuteur Archidamie, l'aïeule d'Agis, femme fort avancée en âge, et qui avait vieilli dans la considération et l'estime de ses concitoyens. Après cette exécution, il fit entrer Agésistrate dans la chambre, où elle trouva son fils gisant par terre, et sa mère encore suspendue au cordon. Elle aida elle-même les exécuteurs à détacher le corps d'Archidamie ; puis, après l'avoir étendu auprès de celui de son fils, elle l'enveloppa et le couvrit avec son sein. Ensuite elle se jeta sur le cadavre de son fils, et le baisant avec tendresse :

« O mon fils ! dit-elle, c'est l'excès de ta modestie, de ta douceur et de ton humanité qui a causé ta perte et la nôtre ». Ampharès, qui, de la porte, entendait et voyait tout, entra en ce moment, et dit avec emportement à Agésistrate : « Puisque tu as partagé les sentiments de ton fils, tu vas subir le même châtiment ». Alors Agésistrate, se levant pour aller au devant du cordon : « Puisse du moins, dit-elle, cette injustice être utile à Sparte ! »

Quand le bruit de ces exécutions se fut répandu dans la ville, et qu'on eut emporté de la prison les corps d'Agis, de sa mère et de son aïeule, la crainte même ne fut pas assez puissante pour empêcher les citoyens de témoigner ouvertement la douleur que leur causait de telles atrocités et toute la haine qu'ils portaient à Léonidas et à Ampharès. « Jamais, disaient-ils, depuis que les Doriens habitent le Péloponèse, il ne s'est commis à Sparte un forfait aussi cruel et aussi impie. »

Après la mort d'Agis IV (241 ans avant J.-C.), son collègue Léonidas régna seul. Seize ans après, il transmit la couronne à son fils, Cléomène,qui prit pour collégue son frère Euclidas. Cléomène avait épousé la veuve d'Agis. A force de lui en vanter les vertus, elle décida Cléomène à suivre l'exemple de son premier mari. Cléomène employa la violence pour rétablir les lois de Lycurgne. Il mit le premier ses biens en commun, et le partage des terres se fit entre les citoyens de Sparte. Cléomène guerroya contre les Achéens et contre le roi de

Macédoine, Antigone Doson, que ceux-ci avaient appelé à leur secours. Il fut vaincu et s'enfuit en Egypte où il périt dans une émeute. Toutes les réformes qu'il avait exécutées à Sparte furent anéanties. D'ailleurs le projet d'Agis et de Cléomène de rétablir la législation de Lycurgne était chimérique. Sa réalisation n'aurait pu rendre aux Spartiates dégénérés les vertus qu'ils avaient perdues.

CONSTITUTION DE SPARTE

Sparte était une république oligarchique, gouvernée par deux rois, ayant à leurs côtés un Sénat de vingt-huit membres, tous âgés de soixante ans au moinset nommés à vie. Le Sénat préparait les lois. Les deux rois, pris dans les familles des Proclides et des Agides avaient les prérogatives de chefs militaires pendant la guerre et de premiers magistrats en temps de paix. Cent trente ans après Lycurgne, il fut institué cinq éphores, ayant une sorte de pouvoir pondérateur entre les rois, le Sénat et le peuple. Leur charge était annuelle. Ils convoquaient le peuple aux Assemblées, et pouvaient en annuler les décisions, s'ils les jugeaient contraires aux propositions du Sénat. L'autorité des éphores devint la première de l'État. Elle domina le peuple, le Sénat et les rois eux-mêmes qui devaient leur rendre compte de leur conduite.

NOTICE SUR VITTORIO ALFIERI

Vittorio Alfieri naquit à Asti (Piémont), le 17 janvier 1749, de parents nobles et aisés. Ses études à l'Académie de Turin furent mal dirigées. Il quitta l'Académie à 18 ans et entra au régiment d'Asti avec le grade de porte-enseigne. Bientôt dégoûté d'une existence oisive et dissipée, il s'adonna à l'étude avec passion, parcourut l'Europe et se fixa ensuite à Florence après avoir abandonné l'état militaire.

De Florence, il vint résider à Paris où il fit imprimer 19 tragédies. Nature généreuse, il s'enthousiasma de la révolution de 1789. Mais la révolution française perdit par ses excès le prestige qu'elle avait à ses yeux. Il fut obligé de s'enfuir précipitamment de Paris après la journée du 10 août. Déclaré émigré, ses biens, ses meubles, ses rentes furent confisqués. Il revint à Florence et y resta jusqu'à sa mort qui survint le 8 octobre 1803.

La Comtesse d'Albany, son amie, lui fit élever un mausolée dans l'église de Santa Croce à Florence, par le grand sculpteur Canova.

Orgueilleux et emporté, Alfieri a le mérite d'avoir confessé ses faiblesses en racontant sa vie. Il a de plus droit à la reconnaissance de ses compatriotes par son grand amour pour l'Italie et par la contribution que sa plume enflammée a apportée à l régénération de sa patrie.

AGIDE

TRAGEDIA

Alla Maestà
di CARLO PRIMO
re d'Inghilterra.

Parmi, che senza viltà nè arroganza, ad un re infelice e morto io possa dedicare il mio Agide.

Questo re di Sparta ebbe con voi comune la morte, per giudizio iniquo degli efori ; come voi, per quello d'un ingiusto parlamento, Ma quanto fu simile l'effetto, altrettanto diversa n'era la cagione. Agide, col ristabilire l'uguaglianza e la libertà, voleva restituire a Sparta le sue virtù, e il suo splendore ; quindi egli pieno di gloria moriva, eterna di se lasciando la fama. Voi, col tentare di rompere ogni limite all' autorità vostra, falsamente il privato vostro bene procacciarvi bramaste : nulla quindi rimane di voi ; e la sola inutile altrui compassione vi accompagnò nella tomba.

I disegni d'Agide, generosi e sublimi, furono poi da Cleomène suo successore, che il tutto trovò preparato, felicemente e con grande sua gloria eseguiti. I vostri, comuni al volgo dei regnanti, da molti altri principi furono e sono tuttavia tentati, ed anche a compimento condotti, ma senza fama pur sempre. Della vostra tragica morte, non essendone sublime la cagione, in nessun modo, a mio avviso, se ne potrebbe fare tragedia : della morte d'Agide (ancorchè tentata io non l'avessi) crederei pure ancora, attesa la grandezza vera dello spartano re, che tragedia fortissima ricavarsene potrebbe.

Si l'uno che l'altro, ai popoli foste e sarete un memorabile esempio, e un terribile ai re : ma, colla somma differenza tra voi, che de'simili alla Maestà Vostra, molti altri re ne sono stati e saranno ; ma de'simili ad Agide, nessuno giammai.

Martinsborgo, 9 Maggio, 1786.

VITTORIO ALFIERI.

PERSONAGGI :

AGIDE, } Regi di Sparta.
LEONIDA, }
AGESISTRATA, madre d'Agide.
AGIZIADE, consorte d'Agide.
ANFARE, eforo,

Efori, Senatori, Popolo, Soldati di Leonida.

Scena, il foro, poi la prigione, di Sparta.

ATTO PRIMO

SCENA PRIMA

LEONIDA, ANFARE

ANFARE

Ecco, or di nuovo sul regal tuo seggio
Stai, Leonida, assiso. Intera Sparta
O d'essa almen la miglior parte, i veri
Maturi savii, e gli amator dell' almo
Pubblico bene, a te rivolti han gli occhi,
Per ottener dei lunghi affanni pace.

LEONIDA

Di Sparta il re non io perciò mi estimo
Finchè rimane Agide in vita. Ei vive
Non pur, ma ei regna in cor de' molti. Asilo
Gli è questo tempio, il cui vicino foro
Empie ogni dì tumultuante, ardita
Plebe, che re lo vuol pur anco, e in trono
Un' altra volta a me compagno il grida.

ANFARE

E temi tu d'esserne or vinto ? Io'l giuro
E gli altri efori tutti il giuran meco ;
Agide mai non fia (1) piu re. Ma vuolsi
Oprar destrezza or, più che forza...

LEONIDA

Egli era
Da tanto già, che co'raggiri suoi,
Con le sue nuove mal sognate leggi,
Tutto sossopra a forza aperta porre,
E me cacciarne ardia del soglio in bando :
Ed io, da'miei fidi Spartani al soglio
Richiamato, or dovrò con vie coperte
La vendetta pigliarne ?

(1) *Agide mai non fia più re* : Agide ne sera jamais plus roi, *ou*, qu'Agis ne soit jamais plus roi.

ANFARE

Un velo è forza
Porvi : ei genero (1) t'è. Quel dì, che in crudo
Esiglio, solo, abbandonato, e privo
Del regio serto, fuor di Sparta andavi,
Umano ei t'era. Ai percussor feroci
Che Agesilao (2) crudel su l'orme tue
A svenarti inviava, Agide a viva
Forza si oppose ; et di Tegea (3) (il rimembri)
Salvo al confin ti trasse : in ciò soltanto
Non figlio ei d'Agesistrata, ed avverso
Apertamente al rio di lei fratello.
Sol del pubblico bene or puoi far dunque
A tua vendetta velo.

LEONIDA

Infame dono
Ei mi fea (4) della vita, il dì ch'espulso
M'ebbe dal seggio ; e a vie più grande oltraggio
Recar mel debbo. Ei mi credea nemico
Da non più mai temersi ? Oggi nel voglio
Disingannare appieno. In me raddoppia
L'esser egli mio genero il dispetto.

(1) Alfieri a fait Agis, gendre de Léonidas, tandis que celui-ci avait en réalité pour gendre Cleombrotus (Voir le récit de Plutarque).

(2) Agésilas, éphore, frère d'Agésistrate.

(3) Tégée, ville de l'Arcadie.

(4) Fea *bour* faceva.

Genero a me? Deh! quale error fu il mio,
D'avere a lui donna dissimil tanto
Data in consorte! Ammenda omai null'altra
Che lo spegnerlo, resta. Unica figlia
Agiziade diletta, a me compagna,
Sostegno a me nel duro esiglio l'ebbi.
Abbandonava ella il suo amato sposo,
Perchè al padre nemico; ella i legami
Di natura tenea più sacri ancora
Che quei d'amore, e al fianco mio trar vita
Misera volle errante, anzi che al fianco
Del mio indegno offensore in trono starsi.

ANFARE

Pur, per quanto sia giusto in te lo sdegno,
Premilo in petto, se sbramarlo or vuoi.
Io men di te non odio Agide altero;
E la sua pompa di virtudi antiche,
Finta in biasmo di noi. Sparta ridurre
Qual già la fea (1) Licurgo, è al par crudele,
Che ambiziosa stolidezza: è tale
Pure il disegno suo; quindi ebbe ei quasi
La città nostra all' ultimo ridotta:
E, sconvolta pur anco, in risse e affanni
Egra ella sta, Ma, van cangiando i tempi:
Quei traditori, efori allor, che schiavi
Eran d'Agesilao, più a lui venduti
Che ad Agide, con esso ora sbanditi

(1) Fea *pour* faceva.

Son tutti, o spenti ; e sta in noi soli Sparta,
Ma il popol rio, mendico, e ognor di nuove
Cose voglioso, Agide ancora elegge
Mezzo a sue mire ingiuste. A schietta forza
Mal frenare il potremmo ; ogni novello
Governo erra adoprandola. Deluso,
Pria che sforzato, il popol sia. Tal cura,
Che a cor mi sta non men che a te, mi lascia.
Ecco la madre d'Agide : gran donna
Ogni dì più degli Spartani in core
Si fa costei : temer si debbe anch'ella.

SCENA SECONDA

AGESISTRATA, LEONIDA, ANFARE

AGESISTRATA

Chi ne'miei passi trovo ? Oh ! mentre io vado
Di Sparta al re, cui sacro asil racchiude,
Qui intorno io veggo irsi aggirando or l'altro
Re di Sparta novello ?

LEONIDA

E il fero giorno
Ch'io, re di Sparta, esul di Sparta usciva,
Ebbi al mondo un asilo ? Assai gran tempo
Dal trono io vissi in bando ; e reo, ch'è il peggio,
In apparenza io vissi. Avriami ucciso
Il duol, se in un coll' usurpato seggio

Restituita la innocenza mia
Non m'era appieno da un miglior consiglio
Di Sparta istessa. Il mio rival cacciato,
Quel Cléombroto iniquo, a chi il mio scettro
Signor del tutto allora Agide dava,
Gia mie discolpe ei fece. A far le sue
Che tarda Agide più ? Collega ei fummi
Sul trono ; ancor mi è genero ; e nemico
Mi sia, se il vuole. — Ma, cagion qual altra,
Che il suo fallir, chiuso or nel tempio il tiene ?

AGESISTRATA

A Sparta, e a me, Leonida, sei noto :
Quai sieno i tuoi, quai sien d'Agide i falli,
È brevissimo a dirsi. Agide volle
Libera Sparta ; i cittadini uguali,
Forti, arditi, terribili ; Spartani
In somma : e a nullo sovrastare ei volle,
Che in ardire e in virtude. In ozio vile,
Ricca, serva, divisa, imbelle, quale
Appunto ell'è, Leonida la volle.
Falli son l'opre d'Agide, perch'havvi
Copia di rei, più che di buoni, in Sparta :
Di Leonida l'opre or son virtudi,
Perch' elle son dei tempi. Oggi rimembra
Tu almen, se il puoi, che il mio figliuol mostrossi
Nemico aperto del regnar tuo solo,
Non di te mai ; ch'or non vivresti, pensa,
Se cittadino ei più che re, tua vita
Non ti serbava, ed in suo danno forse.

LEONIDA

Vero è ; nel dì, che il tuo crudo fratello
A trucidarmi gli assassin suoi vili
Mandava, Agide, forse a tuo dispetto,
Per altri suoi satelliti mi fea (1)
Vivo e illeso serbar : ma un re sbandito,
Cui l'onor, l'innocenza, il soglio tolto
Vien dal rival, fia (2) ch'a pietade ascriva
La mal concessa vita ?

AGESISTRATA

Al par che grande
Era imprudente il dono : Agide stesso
Tale il credea ; ma innata è in quel gran core
Ogni magnanim'opra. Agide eccelso
Contaminar non volle col tuo sangue
La generosa ed inaudita impresa
Di un re, che in piena libertà sua gente
Restituir, spontaneo, si accinge.
Dal perdonarti io nol distolsi ; e forse
Tentato invan lo avrei : d'Agide madre,
Mostrarmi io mai potea di cor minore
A quel di un tanto figlio ? È ver ; mi nacque
Agesilào fratello ; or di un tal nome
Indegno egli è. Con libera eloquenza,
E con finte virtù suoi vizi veri
Adombrando, ei deluse Agide, Sparta,
E me con essi...

(1) Fea *pour* faceva.
(2) Fia : *peut-ilêtre.*

LEONIDA

Ma, non me, giammai.

AGESISTRATA

Noto e simile ei t'era. — A tor per sempre
Dei creditori e debitor, de'ricchi
E de'mendici, i non spartani nomi,
Agesilào, più ch'altri, Agide spinse.
Vistosi poi dal nostro esempio astretto
Di accomunar le sue ricchezze, ei vinto
Dall'avarizia brutta, il sacro incarco
Contaminando d'eforo, impediva
La sublime uguaglianza. Il popol quindi,
Sconvolto e oppresso più, dubbio, tremante
Fra il servir non estinto e la sturbata
Sua libertade rinascente appena,
Te richiamava al seggio : e te stromento
Degno ei sceglieva al rincalzare i molli
Non cangiabili in lui guasti costumi.
Il popol stesso, avvinto in man ti dava
Quel Cleombroto re pur dianzi eletto :
E il popol stesso alla custodia or sola
Di un asilo abbandona il già si amato
Agide, il riverito idolo suo,

ANFARE

Più custodito è dalle leggi assai,
Che da questo suo asilo. Ei delle leggi
Sovvertitore, annullator, pur debbe
Ad esse e a noi la sua salvezza. E a noi

Efori veri, a Sparta tutta innanzi,
Ei darà di se conto : ove non reo
Vaglia a chiarirsi, ei non del re, nè d'altri
Temer de'mai.

LEONIDA

S'egli in suo cor se stesso
Reo non stimasse, a che l'asilo ? Al giusto
Giudizio aperto popolar me pria
Perchè non trarre ?

AGESISTRATA

Perchè d'armi e d'oro
Tu ti fai scudo, ei di virtude ignuda :
Perchè tu pieno di vendetta riedi,
Ed ei neppure la conosce : in somma,
Perchè i tuoi, non di Sparta, efori nuovi
Suonan ben altro, che terror di leggi.
Nulla paventa Agide mio ; ma torsi
Vuol dalla infamia ; e darla ancor che breve,
Altrui può sempre chi il poter si usurpa.

LEONIDA

Che farà dunque Agide tuo ? Più a lungo
Racchiuso starsi omai non può, s'ei teme
La infamia vera.

ANFARE

E molto men può Sparta
Nelle presenti sue strane vicende
D'un de'suoi re star priva. Agide il nome

Tuttor ne serba ; e il necessario incarco
Pur non ne adempie : mal sicura intanto
E dentro e fuori è la città ; sossopra
Gli ordini tutti ; e manca...

AGESISTRATA

Agide manca ;
E con lui tutto. Al par di noi ciò sanno
I nemici di Sparta, in cui novello
Fea (1) rinascer terror dell'armi nostre
Agide solo. Si, gli Etoli (2) feri,
Cui disfar non sapea canuto duce
Il grande Aràto (3) co' suoi prodi Achei (4),
Tremar (5) d'Agide imberbe ; antico tanto
Spartano egli era. — A non imprender cosa
Or contro a lui, Leonida, ti esorto :
Che se pur anco, ingiusto spesso, il fato
Palma or ten desse, onta non lieve un giorno
Ne trarresti dal tempo, e danno espresso
Della patria. Non so, se patria un nome
Sacro a te sia : ma primo, e forte tanto
Nome è fra noi, che se in mio cor sorgesse
Un leggier dubbio mai, ch'anco i pensieri,

(1) Fea *pour* faceva.
(2) Les Étoliens, peuples de la Grèce, dont le pays est au Nord-Ouest du golfe de Corinthe.
(3) Aratus, chef militaire (stratège) des Achéens, mort en 213 avant J.-C.
(4) Les Achéens, peuple dont le pays (Achaïe est situé au Nord du Péloponnèse.
(5) Tremar *pour* tremarono.

Non che d'Agide l'opre, al ben di Sparta
Non fosser volti tutti, io madre, io prima,
Il rigor pieno delle sante leggi
Implorerei contra il mio figlio. — Or dunque
Opra a tuo senno tu : tremar non ponno (1)
Agide mai, nè chi a lui diè la vita,
Che per la patria lor : tu, benchè in armi,
Ed in prospera sorte, entro al tuo core
Conscio di te, sol per te stesso tremi.

LEONIDA

Donna, sei madre ; e d'uom ch'ebbe già scettro,
Il sei ; quind'io ti escuso. In voi temenza
Non è ; di'tu ? Meglio per voi : ma Sparta,
Gli efori, ed io, vi diam sol uno intero
Giorno, a mostrar questa innocenza vostra,
Sempre esaltata e non provata mai.
Esca al fin egli, e se difenda ; e accusi
Me stesso ei pur, se il vuol : tranne l'asilo,
Tutto or gli sta. Ma, se a celarsi ei segue,
Digli, che al nuovo dì nè Sparta il tiene
Più per suo re, nè per collega io'l tengo.

(1) Ponno *pour* possono.

SCENA TERZA

AGESISTRATA, ANFARE

ANFARE

Dal fresco esiglio inacerbito ei parla :
Ma, non ha Sparta l'ira sua. — Dovresti,
Tu cui son cari Agide e Sparta, il figlio
Piegare ai tempi alquanto, e indurlo....

AGESISTRATA

A farsi
Vile, non io, nè voi, nè Sparta indurlo
Mai non potremmo. Che del re lo sdegno
Non sia sdegno di Sparta, assai mel dice
L'immenso stuolo di Spartani in folla
Presso all'asilo d'Agide ogni giorno
Adunati, che il chiamano con fere
Libere grida ad alta voce padre,
Cittadin re, liberator secondo,
Nuovo Licurgo. Assai pur alta e vera
Esser de'in lui la sua virtù, poich'osa
Laudarla ancor con suo periglio Sparta ;
Poichè, più del terror dell'armi vostre,
Può in Sparta ancor la maraviglia d'essa.

ANFARE

Si affolla e grida il popolo ; ma nulla
Opra ei perciò : nè i ribellanti modi

Altro faran, che inacerbir più sempre
Contra il tuo figlio i buoni. Assai tu puoi,
D'Agide madre, entro a Spartani petti,
E sovr'Agide più : quelli (a me il credi)
Al cessar dai tumulti, e questo or traggi,
Per poco almeno, all'adattarsi ai tempi.
Se il ben di tutti e il ben del figlio brami,
Fra vïolenze e rabide contese,
Mal si ritrova, il sai. Se in ciò tu nieghi
Caldamente adoprarti, e Sparta, ed io,
E Leonida, a dritto allor nemici
Crederem voi di Sparta ; allor parranno,
A certa prova, i vostri ampi tesori
Malignamente accomunati in prezzo,
Non di uguaglianza, di comun servaggio.
Dell'alte imprese, ottima o trista, pende
Dell'evento la fama. All' opre vostre
Generose, magnanime (se il sono)
Macchia non rechi il rio sospetto altrui,
Che giustamente voi pentiti accusa
Del tanto dono ; e del volerne infame
Traffico far, vi accusa. Io tutto appieno,
Qual cittadin, qual eforo, ti espongo ;
Non qual nemico : a voir l'oprar poi spetta.

SCENA QUARTA

AGESISTRATA

Tempo acquistar voglion costoro ; e tempo
Dar lor non vuolsi. Ah ! di costui la finta

Dolcezza, e di Leonida la rabbia
Repressa a stento, indizi a me (pur troppo!)
Son del destino e d'Agide, e di Sparta.
Tutto si tenti or per salvarli ; e s'anco
Irati i Numi della patria vonno (1)
Sol placarsi col sangue, Agide, ed io,
Per la patria morremo ; a lei siam nati.—
Pur che risorga del mio sangue Sparta.

ATTO SECONDO

SCENA PRIMA

AGIDE

Pietosi Numi, a cui finora piacque
Dal furor di Leonida sottrarre
L'innocenza mia nota, omai non posso
Più rimaner nel vostro tempio. Asilo
Volli appo voi, perchè la patria inferma
Più violenze, e più tumulti, e stragi
A soffrir non avesse : or v'ha chi ardisce
A'miei delitti ascriverlo, al terrore
Di giusta pena ? Ecco, l'asilo io lascio. —
Oh Sparta, oh Sparta !... esser fatal dei sempre

(1) Vonno *pour* vogliono.

Ai veri tuoi liberatori ? Ah ! data
Fosse a me pur la sorte, che al tuo primo
Padre eccelso toccò ! Più che il perenne
Bando, a se stesso da Licurgo imposto,
Morte non degna anco scerrei, se al mio
Cader vedessi almen rinascer teco
Il vigor prisco di tue sacre leggi !...
Ma, chi sì ratto a questa volta ?... Oh cielo !
Chi mai veggio ? Agiziade ? La figlia
Di Leonida ? Oimè !... la mia già dolce
Moglie, che pur mi abbandonò pel padre ?

SCENA SECONDA

AGIDE, AGIZIADE

AGIZIADE

Che veggo ! Agide mio, fuor dell'asilo
Tu stai ? Ratta a trovarviti veniva...

AGIDE

Qual che ver me tu fossi, amata sempre
Consorte mia, perchè i tuoi passi or volgi
Verso un misero sposo ?

AGIZIADE

Agide ;... appena...
Parlare io posso ;... io riedo a te con l'aspra
Mutata sorte : il tuo stato infelice
Staccarmi sol potea dal padre. Il core

Io strappar mi sentia, nel dì che i nostri
Figli, e te, sposo, abbandonar dovea,
Per non lasciar nel misero suo esiglio
Irne solo il mio padre : nè piu vista
Tu mai mi avresti in Sparta, or tel confesso,
Se ai crudi strali di fortuna avversa
Ei rimanea pur segno. In alto ei torna,
Tu nel periglio stai : chi, chi potrebbe
Tormi or da te ? Teco ritorno io tutta :
E te scongiuro, per l'amor mio vero ;
(Pel tuo, non so s'io l'abbia ancor) pe'figli
Che tanto amavi, e per la patria tua,
(Amor che tu tanto altamente intendi)
Io ti scongiuro, almen per ora, a porre
Tue nuove leggi in tregua. Amor di pace,
Dei beni il primo, a ciò t'induca : il freno
Ripigliar con Leonida ti piaccia
Della città, qual per l'addietro ell'era...

AGIDE

Donna, d'amare il padre tuo, chi puote
Biasmarten mai ? Conoscerlo, nol puoi ;
L'arte tua non è questa : ottima ognora,
E costumata, e pia, tu raro esemplo
Fra'guasti tempi di verace antico
E filiale e congiugale amore,
Altro non sai, magnanima, che farti
Fida compagna a chi più avverso ha il fato.
Se mai cara mi fosti, oggi il vederti
A me tornar, quando me lascian tutti,

Certo più assai mi ti fa cara. Io meno
Dal tuo gran cor non mi aspettai : null'altro
Temea, fuorch'ebro di sua lieta sorte
Leonida, non forse or ti vietasse
Il ritornarne a me.

AGIZIADE

Tu ben temesti.
Tre giorni or son, ch'ei vincitore in Sparta
Riposto ha il piè ; tre giorni or son, ch'io seco
Pugno per te. Né, per negar ch'ei fesse (1)
A me l'assenso, era io perciò men ferma
Di ritrovarti ad ogni costo. Ei stesso
Cangiato al fine, or dianzi a te mi volle
Messo inviar di pace : ei, per mia bocca,
Piena or te l'offre ; e supplica, e scongiura,
Che tu, lasciato omai l'asilo, in opra
Vogli con lui porre ogni mezzo, ond'abbia
Sparta una volta e intera pace e salda.

AGIDE

Ei mi t'invia ? Sperare a me non lascia
Nulla di lieto il suo cangiar si ratto.
Ma, che dich'io (2) ? Sperar, se in se non spera,
Agide può ? Ch'altro a temer mi resta,
Quando è più sempre la mia patria serva ?
Quando è più sempre dal poter suo prisco,
Dalle già tante sue virtù lontana ?
Io spontaneo (tu il vedi) avea l'asilo

(1) Fesse *pour* facesse.
(2) Dich' io *pour* dico io. *Ch* est obligatoire en ce cas pour la prononciation.

Abbandonato già : rogion tutt'altra
Le astute brame or prevenir mi fea (1)
Di Leonida... Ah ! si : fia (2) questo un giorno
Grande a Sparta, ed a me ; funesto forse
Per te, se m'ami... O fida mia consorte
Dubitar non ne posso... Ma, se fede
Presti al mio schietto dir, tu d'altro padre
Degna, deh ! invan non lo irritar ; ten prego.
Serbati ai figli nostri ; ad essi scudo
Contro alla rabbia sii del padre fero :
Gli alti pensieri, ond'io ti posi a parte,
E che sì ben sentivi, aggiunti agli alti
Innati tuoi, che dell'amor di figlia
Son la essenza sublime, in lor trasfondi
Sì, ch'ei crescano a Sparta e al padre a un tempo.
Non assetato di vendetta io moro,
Ma di virtù Spartana ; ancor che tarda,
Purch'ella un dì dai figli miei rinasca,
Ne sarà paga l'ombra mia...

AGIZIADE

Mi squarci
Il core... Oimè !... Perchè di morte ?...

AGIDE

O donna ;
Spartana sei, d'Agide moglie ; il pianto
Raffrena. Il sangue mio giovar può a Sparta ;
Non il mio pianto a te. Rasciuga il ciglio ;
Non mi sforzare a lagrimar...

(1) Fea *pour* faceva.
(2) Fia : sera.

AGIZIADE

So tutte
Del tuo sublime, umano, ottimo core
L'atre tempeste ; i generosi tuoi
Retti disegni entro alla mente io porto
Forte scolpiti ; e se, a compirgli appieno,
Del mio padre la intera alta rovina
D'uopo non era, ad eseguirli presta
Me prima avevi, e del mio sangue a costo...
Oh quante volte il padre, si diverso
Da te, m'increbbe ! Oh quante volte io piansi
D'essergli figlia ! Ed io pur l'era ; e il sono,
Ahi lassa !... E fra voi due stommi infelice :
E fra voi debbo esser di pace io'l mezzo
O perir deggio.

AGIDE

Esser di Sparta figlia,
E di Spartani madre esser dovresti,
Se in altri tempi e d'altro sangue nata
Tu fossi in Sparta. Il non spartano padre
Non io però voglio a delitto apporti.
L'indole tua ben nata, ottima, ed alta,
Ma non diretta, udia di padre e sposo
Sol ricordar, non della patria, i nomi :
Qual fia stupor (1), se tu più figlia e sposa,
Che cittadina, sei ? Ma, qual sei, t'amo ;
Nè al tuo pensar niente Spartano io volli

(1) Qual fia stupor : *comment s'étonner*...

Forza usar niuna, che il mio esemplo, mai.
Pel nostro amor quindi ti prego, e, s'uopo
Fia (1), tel comando ; oggi a mostrar ti appresta,
Che madre sei più ancor che sposa o figlia. —
Ma, qual si appressa orribile tumulto ?
Qual folla è questa ? Oh ! Quali grida ? Oh cielo !
La madre ? E in armi immenso stuol di plebe
Segue i suoi passi ?

SCENA TERZA

AGIDE, AGESISTRATA, AGIZIADE, POPOLO

AGESISTRATA

Figlio, e che ? Già fuori
Stai dell'asilo ? In chi t'affidi ? In questa
Rea figlia di Leonida ? Ben io
Più certo asilo, ecco, ti adduco ; ognora
Costor fien (2) presti...

AGIDE

O madre, Agide meglio
Tu conoscer dovresti : o in me mi affido,
O in nulla omai. Questa, che figlia appelli
Di Leonida, è moglie, è amante, è parte
Del figliol tuo. — Spartani, ove pur tali

(1) S'uopo fia : *si c'est nécessaire*.
(2) Fien presti : *sont prêts*.

Vi siate voi, che minacciosi in armi
Tumultuar quì di mia fama a danno
Veggio ; Spartani, or parla Agide a voi. —
Io, contro a Sparta, in mio favor, non voglio
Armi nessune ; asil nessuno io cerco ;
Null'uomo io temo. A dimostrar la mia
Piena innocenza, io basto : a vincitrice
Farla davver della malizia altrui,
Coll'arme no, ma con più fermi sensi,
Potuto avreste ún dì voi stessi darmi
Giusto un soccorso : ma fia (1) tardo e vano,
E reo (ch'è il peggio) ogni presente aiuto.

AGESISTRATA

E inerme esporti alla maligna rabbia
D'un Leonida vuoi ? D'efori compri (2)
Agl'iniqui raggiri ? Ah ! No, nol soffro ;
Nè il soffriran questi Spartani veri,
Che quì son presti a dar la vita or tutti
Pel loro re

POPOLO

Per Agide, noi tutti
Presti a morir veniamo.

AGIDE

Agide e Sparta
Fur (3) già sola una cosa ; or ben distinti
Gli ha in due la sorte ; or, che a far salva Sparta,

(1) Fia : *est*.
(2) Compri *pour* Comprati.
(3) Fur *pour* furono.

Forse è mestier ch'Agide pera. Il sangue
Sparger non vuolsi mai; vie men, qualora
Rigenerar virtù non puote il sangue.
Per me morir, voi nol potreste omai,
Senza uccider molti altri; e in un le vostre
E le altrui vite in Sparta, al par son tutte
Della patria, non vostre. Havvi, nol niego,
De'traviati cittadini molti:
Ma, per ritrargli al dritto, alto un esemplo
Memorabile appresto. A lor far forza
Potrò con esso; e vie più sempre voi
Farò con esso di fortezza amanti.

AGIZIADE

Misera me! Tremar mi fai. Che dunque
Disegni?

AGESISTRATA

Donna; or per chi tremi? Parla.
Pel marito, o pel padre?

AGIDE

Ah! Tu non sai
Madre, qual rechi a me dolor, l'udirti
Trafigger la mia sposa! Ella, più cara
Che mai nol fosse, appunto a me si è fatta,
Per la sua vera filial pietade. —
Madre, consorte, popolo, mi udite. —
Ho fermo in core di convincer oggi
Anco i maligni, e gli invidi, e i più rei,
Ch'io della patria sono amator vero.

Ai cittadini, io cittadino e padre,
Io cittadino e re, null'altro apparvi ;
Se non m'inganno io pur : ma in altri forse
Da pria destai, con violenze, io stesso,
Dubbio alcuno di me : fu quindi ascritto,
Non a saviezza, a coscienza rea,
E a vil timor di meritata pena
Questo mio scelto asilo. Agide n'ebbe
Di volgar re la insopportabil taccia.
Qual sia'l mio core, oggi il vedranno. Oh dolce
Periglio a me, quel che affrontar m'è d'uopo,
Per ischiarir qual bene io far tentassi,
E l'empia invidia di chi il ben non brama !
Per la pubblica causa io re mostrarmi
Seppi, ed osai ; per la privata mia,
Oso anch' esser privato : e, non ch'io creda
Convincer ora i tanti iniqui ; in core
Essi già il son pur troppo ; ma coprirli,
Di Sparta tutta alla presenza, io deggio
Di vergogna e d'infamia. Essi vorranno
Accusar me, lo spero : io più coll' opre,
Che non co' detti, a discolparmi imprendo :
Soltanto a Sparta i miei disegni esporre
Vo' (1) schiettamente pria, soggiacer poscia...

POPOLO.

Tu soggiacer ? No, mai non fia (2). Noi tutti
Farem prestarti da quei vili orecchio...

(1) Vo' *pour* Voglio.
(2) Mai non fia : *que cela ne soit jamais*.

AGIDE

Non voi, deh! no: sol per mia bocca il vero
Farà prestarmi orecchio. E, se a voi cale
Punto il mio onor; se presso a voi mai nulla
Io meritai; se nulla in me, se nulla
Nella memoria almen dell' opre mie
Sperate poi, pregovi, esorto, impongo
Di depor l'armi, e meco sottoporvi,
Quai che sien essi, agli efori. Il tiranno
Di Persia, allor che apertamente insorti
Entro suo regno a se nemici ei trova,
Col dispotico brando a lor favella;
Ma il re di Sparta, a lor di se dà conto;
E alla calunnia egli da pria ragioni
Oppon; se invano, imperturbabil alma
Vi oppon di re.— Duolmi, e dorrammi ognora
Che lo stesso Leonida che assale
Or me così, dalla cittade vostra
Espulso andava, e inascoltato. Ei forse
Mal di se dato avria ragion; nè il volle
Pure tentar; ma glien doveva io'l mezzo
Ampio prestare. Agesilào la forza
Volle adoprarvi; io mi v'opposi indarno:
Non tutti il sanno: Agesilào vien quindi
Meco indistinto. Io da quel dì, ma tardi,
Vedea, ch'egli era uno Spartan mentito:
Ma mi stringeano il tempo, e l'alta brama
D'oprare il bene, a cui l'ostacol tolto
Di Leonida fero, il campo apriva.

Quindi l'esiglio suo, giusto, ma inflitto
n modo ingiusto, a pro di Sparta usai.

Popolo

E chi non sa che a lui la vita hai salva?...

Agiziade

Si, per lui sol l'aure di vita ancora
Spira il mio padre. Io nel crudel periglio,
Io stessa, il vidi ; agli inumani messi
D'Agesilào già in mano ei stava quasi,
Quando opportuni d'Agide gli amici
Gli ebber fugati, e noi ritratti illesi
In securtà.

Agesistrata

Quindi pagar nel vuole
Leonida oggi, a lui togliendo, iniquo,
Non che la vita, anco la fama...

Agide

E questa
Mai non sta nel tiranno : in me, nel mio
Solo operar, sta la mia fama.

Agesistrata

E nasce
Sol dal tuo oprar l'altrui livore, e il fermo
Empio pensier di opprimerti. Ma, viene
Anfare a noi ? Degno consiglio e amico
Di Leonida...

AGIDE

Udiamlo

AGIZIADE

Oh cielo ! Io tremo...

SCENA QUARTA

AGIDE, AGESISTRATA, AGIZIADE, ANFARE
POPOLO

ANFARE

Fuor del tuo sacro asilo, Agide, in mezzo
D'una tal turba io non credea trovarti.
Ma pur, piu grati testimon di questi
Io bramar non potea. Vengo ad esporti
Di Sparta i sensi.

AGIDE

E son ?...

ANFARE

Di pace.

AGIDE

E quale ?

ANFARE

Vera : ove pace alle tue mire avversa
Non sia pur troppo ; ove in tumulti e risse
Securtà tu non cerchi e in un grandezza.

AGIDE

Io discolparmi or presso a te non deggio :
Forse il farò presso a chi il deggio. Udiamo,
Di Leonida udiam la pace intanto.

ANFARE

Son io messo del re ? Di Sparta io sono
Eforo ; e a te parlo di Sparta in nome.
Ove piegarti ai cittadin tu vogli,
(Ai veri e saggi) e la città tranquilla
Rifar, dannando ogni tua nuova legge
Tu stesso ; il seggio, onde scaduto sei
Col tuo fuggirne, Sparta oggi ti rende.

AGESISTRATA

Agide...

AGIDE

Madre, a te son figlio ; or posa
Secura in me. — Tu, che di Sparta in nome,
Pur ch'io indegno men renda, il trono m'offri ;
Pregoti, al re Leonida in risposta
Reca, ch'io seco favellar vorrei,
Pria che in giudicio a Sparta innanzi io parli.

AGIZIADE

Io pur ten prego, Anfare, vanne al padre,
E a ciò lo induci : a lui ritorna in mente
Che senz'Agide in vita ei non sarebbe ;
Ch'ei la diletta unica figlia sua
Diede ad Agide in moglie...

AGIDE

A lui null'altro
Non rammentar, fuorchè di Sparta entrambi
Siam cittadini ; e che il comun vantaggio
Vuol, ch'ei mi ascolti.

ANFARE

È dubbio assai, s'ei possa,
O venir voglia ad abbocarsi teco,
Fin ch'ei non sà, se tu i proposti patti
Nieghi, od accetti.

AGIDE

In guisa niuna ei puote
Negar d'udirmi, e nol vorrà. L'asilo
Io per sempre abbandono ; a me dintorno
Corteggio nullo io vo'. — Spartani, ad alta
Voce vel grido ; io rimaner qui voglio,
Solo, ed inerme, ed innocente (1). — Il vedi,
Anfare, il vedi ; il tempo, il loco, il modo,
Opportuno or fia (2) tutto. Io fra brev'ora
Tornerò in questo foro ; e qui non sdegni
Venirne il re. Solo sarovvi ; egli abbia
Al fianco i suoi satelliti : veduti
Sarem da quanti cittadini ha Sparta,
Ma non sarem da nessun d'essi uditi.

ANFARE

Poichè tu il vuoi, tosto a recarne avviso
A Leonida volo.

(1) Il popolo si va allontanando e disperdesi.
(2) Fia : *est*.

SCENA QUINTA

AGIDE, AGESISTRATA, AGIZIADE

AGIDE

Io ben sapea
Con qual esca alletarlo. — Or, donne, intanto
Io con voi riedo alla magione, e ai figli,
Godrò fra voi brevi momenti estremi
D'alcun privato dolce, infin ch'io torni
Al fatal parlamento.

AGIZIADE

Oh cielo!...

AGESISTRATA

O figlio,
Che speri tu dall'empio re?

AGIDE

La sorte
Di Sparta ei tiene; e tu mi chiedi, o madre,
Quel che da lui sperare Agide possa?

ATTO TERZO

SCENA PRIMA

AGIDE

Non giunge ancor Leonida : l'invito
Sdegna fors'ei ? Non l'ardiria : qui'l debbe
Trar, se non altro, or la vergogna. Udiva
Il popol dianzi il generoso prego,
Ch'io gl'inviai per Anfare : riguardi
Possenti, e molti, ancor lo stringon ; molto
Timor si annida entro il suo cor, bench'egli
Vincitor sia. Potessi, ah ! Pur potessi
Dal suo temer l'util di Sparta io trarre !...
Ma al fin vien egli : Oh ! Di regal corteggio
Si adorna ? E ben gli sta. S'incontri.

SCENA SECONDA

AGIDE, LEONIDA, SOLDATI

AGIDE

A udirmi
Ne vieni, o re, pria che ad altr'opre ?...

LEONIDA

A udirti

Or vengo io, si...

AGIDE

Dunque, a te solo io chieggo
Di favellar...

LEONIDA

Traetevi in disparte. —
Eccomi solo : io t'odo.

AGIDE

A te non parlo,
Quale a suocero genero ; ancor ch'io
Oltre ogni dire una consorte adori,
Ch'è delle figlie esemplo.

LEONIDA

Alto legame
Ell'era, è ver, fra noi, pria che di Sparta
Tu mi cacciassi in bando.

AGIDE

Il so ; nè debbo
Parlarten ora, poichè allor tel tacqui,
Non ch'io allor l'obbliassi, e il sai ; ma in core
Sparta allor favellavami, al cui grido
Ogni altro affetto in me taceasi, e tace. —
Di Sparta il re, di me il nemico sei :
Ma, se nol sei di Sparta, oggi dai Numi
Già protettori della patria chieggio,
E impetrar spero, un sì verace e forte
Alto parlar, che da me stesso or vogli
Apprender tu pronto e sicuro il modo,
Onde ottenere oltre tue brame forse...

LEONIDA

Oltre mie brame ? E ciò ch'io bramo, il sai ?

AGIDE

Di me vendetta, a tutte cose innanzi,
Brami, e l'avrai ; dartela piena io voglio.
Durevol possa, è il tuo desir secondo ;
E additar ten vogl'io la vera base,
Nè basta ; io t'offro alto infallibil mezzo,
Onde acquistar cosa ben altra, a cui
Forse il pensier mai non volgesti ; e tale,
Che pur (dov'ella ad acquistar sia lieve)
Tu sprezzarla non puoi. Perenne, immensa
Procacciartela ancora...

LEONIDA

E fia ? (1)

AGIDE

La fama.

LEONIDA

Meglio sai torla, che insegnarla altrui.
Meco il trono occupasti ; al ben di Sparta
Meco tu allor, per comun gloria nostra,
Concorrer mai non assentivi : al tuo
Privato ben tu sol pensavi, e a farti
Su la rovina del mio nome un nome.
Quindi all'esiglio me, Sparta al suo rogo,
Spingevi tu. Non io perciò disegno
Far mie vendette ; io ben di Sparta afflitta

(1) E fia ? : *Et qu'est-ce ?*

Farle or dovrei ; ma il vieta a me di vera
Pace l'amor : pace, cui presti ancora
Sono a sturbare (abbenchè invano) i tuoi
Pessimi tanti. Amor di pace, in somma,
Di Sparta a nome ora ad offrirti trammi
Perdono intero...

AGIDE

Intero ? È troppo. — Or via
Nessun qui c'ode ; il simular, che giova ?
Ch'io non ti legga in cor, tu già nol credi ;
Che tu il cangiassi, creder nol mi fai.
Cred'io bensì, che il tormi e scettro e possa,
Per or non basti a far sul trono appieno
Securo te. Ben sai, che infin ch'io vivo,
Un altro re collega tuo crearti
Ligio non puoi : ma, nè pur osi a un tempo
Uccider me, perchè dei molti in core
Sai che tuttora io regno. Ecco i veraci
Tuoi più ascosi pensieri : odi ora i miei. —
Io, mal mio grado, entro all'asil mi chiusi ;
Spontaneo n'esco, e oppor poss'io, se il voglio,
Alla forza la forza : all'arte opporre
L'arte, nè il so, nè il voglio. Omai convinto
Esser tu dei, che in mio favor nè stilla
Versare io vo'(1) di cittadino sangue.
Solo or mi vedi ; in tuo poter mi pongo ;
Supplice me per la mia patria miri :
Non che la vita, io son per essa presto
A darti la mia fama.

(1) Vo' *pour* Voglio.

LEONIDA

E intatta l'hai,
Questa tua fama che offerirmi ardisci ?

AGIDE

Intatta, sì, del tutto ; e non indegna
D'Agide ; e troppa, agl'invidi tuoi sguardi. —
Me tu abborrisci ; adoro io Sparta : or odi
Come al mio amor, e all'odio tuo, potresti
Servire a un tempo. Io libertà, grandezza,
Virtude impresi a ricondurre in Sparta,
Col pareggiarne i cittadin fra loro.
Tu, coi più rei, di opporviti, ma indarno,
Mai non cessasti ; e non, che vero e immenso
Tu non vedessi in ciò il comun vantaggio ;
Non, che virtù co'suoi divini raggi
Via non s'aprisse entro il tuo chiuso petto
Senza pure infiammarlo : ma in tuo petto
L'amor dell'oro e di soverchia ingiusta
Possa, vincea d'assai l'util di Sparta,
Di veritade il grido, e il folgorante
Scintillar di virtù. Pubblica, e vera
Spartana voce dal tuo seggio allora
Te rimovea, chiamandoti nemico
Di Sparta : e tu la insopportabil taccia
Nè smentir pur tentavi. In bando poscia,
Proscritto, errante (il sai) vilmente ucciso
Stato saresti ; io nol soffria : nè il dico
Per rinfacciartel ora ; ma per darti
Prova non dubbia, ch'io base posava

Ai disegni alti miei l'alte spartane
Opre bensì ; non la rovina tua.

LEONIDA

E in ciò pur, mal accorto, error non lieve
Tu salvandomi festi.

AGIDE

E chiara ammenda
Tu ne farai, me trucidando. I mezzi
Sol ne impara da me. — Sparta più inclina
A libertà, che a tirannia : per certo
Tienlo, ancorchè per ora imposto il freno
Aspro di re tu le abbi. Un breve sdegno
Dei più contro all'infame Agesilào
Or ti ha riposto in trono, e lui cacciato
D'eforo : or me de'suoi delitti a parte
Havvi chi pone, e non a torto affatto,
Finch'io pur taccio. A disgombrar del tutto
Su me tal dubbio, or tu non trarmi ; è lieve
Troppo il mostrar, che Agesilào tradiva
Agide e Sparta a un tratto : ove ciò chiaro
A tutti io faccia, allor tu forza usarmi
Non puoi, senza a te nuocere.

LEONIDA

Tu il credi ?

AGIDE

Tu il sai. Ma, non temere. Io di Spartani
Spartano re volli essere ; te lascio

Re di costoro. A far me reo non basta
Niuna tua forza : in faccia a Sparta io voglio,
Io, colpevole farmi; io darti intera
Palma di me ; pur che tu stesso farti
Grande ti attenti, e di grandezza vera,
Contra tua voglia.

LEONIDA

Invan mi oltraggi...

AGIDE

Adempi
Tu stesso, or si, quant'io già audace impresi
A pro di Sparta e di sua gloria. In seggio
Riponi or tu, non le mie, no, ma l'alte,
Libere, maschie, sacrosante leggi
Del gran Licurgo ; povertà sbandisci
In un coll'oro ; ella dell'oro è figlia :
Del tuo ti spoglia : i cittadin pareggia :
Te fa Spartano, e in un, Spartani crea :...
Ciò far voll'io ; tu il compi, e a me ne involi
La gloria eterna. — Ove ciò far mi giuri,
A Sparta innanzi or mi puoi trar qual reo ;
E dir, ch'io velò a mie private mire
Fea del pubblico bene ; e dir, che iniquo
Era il mio fin, non le mie leggi. A questo
Aggiungerai, che rinnovar tu stesso
Vuoi con mente migliore e cor piu schietto,
Di tua città la gloria. Intera Sparta
Udrammi allor di meritata morte

Accusar reo me stesso ; e dir, che mie
Eran le ingiurie e violenze usate
Da Agesilào ; dirò, ch'io in lui creava
Un precursor di tirannia ; che un saggio
Voll'io per lui della viltà Spartana.
Ciò basterà, cred'io. Morte, che darmi
Or tu non puoi, che a tradimento, (il vedi)
L'avrò cosi dai cittadini miei,
E parrà lor giustissima. La fama
Che in me ti offende, e che a me tor non puoi,
Io me la tolgo, e a te la dono. Io moro,
Tu regni ; ambo contenti : a te non toglie
Fama il regnare ; a me l'infamia; in tomba
Portar pur lascia l'unica mia speme,
Che a nuova vita abbia a risorger Sparta.

LEONIDA

Vil m'estimi cosi ?

AGIDE

Grande t'estimo ;
Poich' atto a compier la mia grande impresa
Te credo...

LEONIDA

A tuoi disegni empii, dannosi,
Io por mano ?...

AGIDE

Me spento, appien tu scarco
D'invidia resti : e gli alti miei disegni,
Con tuo vantaggio, e in un, con quel di Sparta,

Puoi compier tu. Di mia grandezza ardisci
Grande apparir tu stesso : invido fosti ;
Or, col mio sangne la viltà tua prisca
Tu ammanti appieno. A non sperata altezza
L'animo estolli, e al trono tuo ti agguaglia.

LEONIDA

Maggior di te, dei cittadini il grido
Già abbastanza mi fea ; ma il perdonarti,
Se a me il concede Sparta, assai darammi
Piena palma di te. Ch'io a Sparta intanto
Ti appresenti, m'è d'uopo. — Altro hai che dirmi ?

AGIDE

A dirti ho sol, ch'esser non sai tu iniquo,
Nè sai fingerti buono.

LEONIDA

Or, che i tuoi sensi
Tutti esponesti, anzi che a Sparta involi
Te di bel nuovo il tempio, in carcer stimo
Doverti io trarre. — Olà, soldati !

AGIDE

Io vado
Securo in carcer, qual non sei tu in trono.
Sparta entrambi ci udrà ; nè meco a fronte
Star potrai tu. — Se in carcere mi uccidi,
Te stesso perdi ; e il sai. Pensa, e ripensa ;
A te salvare, a uccider me, niun mezzo,
Che quel ch'io dianzi t'additai, ti resta.

SCENA TERZA

LEONIDA

Io'l tengo al fine. Inciampi molti, è vero,
E gran perigli incontro ; eppur vogl'io
Quest'orgoglioso insultator molesto,
Spegnere il voglio, anco in mio danno espresso,
Ma il trucidarlo è nulla, ove la fama
Non gli si tolga pria ; ciò sol può darmi
Securo regno. — Ah ! che pur troppo io'l sento !
Nè so dir come ; anche al mio core un raggio
Vero divino al suo parlar traluce,
E mel conquide quasi... Ah ! no : mi squarcia,
Mi sbrana il cuor, quella insoffribil pompa
Di abborita virtù. Pera ei ; si uccida ;...
S'anco è mestier, per spegner lui, ch'io pera.

SCENA QUARTA

LEONIDA, AGESISTRATA, AGIZIADE

AGIZIADE

Padre, e fia vero ?... A tradimento... Oh cielo !
Infra soldati il mio consorte ?

AGESISTRATA

E questa
La tua fede, o Leonida ?

LEONIDA

Qual fede ?
Che promisi ? Giurato a Sparta ho fede
Non ad Agide mai.

AGIZIADE

Deh ! Padre amato,
Alla tua figlia,... oimè !...

AGESISTRATA

Spontaneo forse
Non uscia dell'asilo ? E solo, e inerme,
E di sua voglia, ei non venia di pace
A parlamento or teco? E tu, dagli empii
Tuoi sgherri il fai nel carcer trarre ? E contra
Il decoro di re, contra il volere
Di Sparta stessa ?... Iniquo...

LEONIDA

E pianti, e oltraggi,
Vani del par sono a piegarmi, o donne.
Il primo io son de'magistrati in Sparta,
Non di Sparta il tiranno. Agide reo,
Gli efori e Sparta giudicarne or denno (1);
Innocente, tornarlo al seggio prisco
Gli efori e Sparta il ponno (2). Ov'ei si fesse (3)
Del tempio asilo, o della plebe scudo,
Nè innocente nè reo possibil fora

(1) Denno *pour* debbono, devono, deggiono, deono.
(2) Ponno *pour* possono.
(3) fesse *pour* facesse.

Chiarirlo mai. Tempo è, ben parmi, tempo,
Che Sparta esca dall'orrido travaglio
Del non saper s'ella ha due re, qual debbe,
O s'un glien manca.

AGIZIADE

Ah padre!... Agide in vita
Ti serba, e tu in catene Agide traggi?
Gli dai tua figlia, e torgli vuoi sua fama?
Anco reo, (ch'ei non l'è), tu ne dovresti
Pigliar, tu primo, or le difese. Io diedi
Non dubbia a te dell'amor mio la prova,
Nell'avversa tua sorte; or nell'avversa
D'Agide, a lui nulla può tormi: o in ceppi
Col tuo genero porre anco tua figlia,
O trarne lui, ti è forza: abbandonarlo
Per preghi mai, nè per minacce io mai
Non vo' (1). Di lui non piglierai vendetta
Che sopra me del par non caggia: il sangue
Versar tu dei di quella figlia istessa,
Che abbandonava, per seguirti in bando,
La patria, e il trono, ed il marito, e i figli.

AGESISTRATA

Oh vera figlia mia, non di costui!...
Spartana figlia e moglie, a non Spartano
Padre indarno tu parli. — Invidia vile,
Vil desio di vendetta il cor gli chiude,
E il labbro a un tempo. — E che diresti?.. In core
Tu giurasti, o Leonida, l'intero
Scempio d'Agide, il so; tutti conosco

(1) Vo' *pour* voglio.

Gli empii raggiri tuoi. Ma, se pur darci
Morte potrai, (che la mia vita e quella
Del mio figlio son una),invan tu speri
Torre a noi nostra fama. A te la tua...
Ma, che dich'io? L'hai tu? — Scopo non altro
Fu in te giammai, che di serbar col regno
Le tue ricchezze e accrescerle. Dell'oro
L'arte imparasti di Seleuco in corte,
E l'arte in un di sparger sangue. In Sparta
Persian (1) tu regni ; e la uguaglianza quindi
Dei cittadin paventi, onde ben tosto
Ne sorgeria virtute ; onde dal trono
Di nuovo espulso appien per sempre andresti;
Nè il tuo cor osa a più che al trono alzarsi.

LEONIDA

Nè le tue ingiurie l'animo innasprirmi,
Nè le tue giuste lagrime ammollirlo
Possono omai. Sparta, non io, si duole
D'Agide, e a darle di se conto il chiama.
Forza non altra usar gli vo' (2), (nè s'anco
Il volessi, il potrei), fuorchè di torgli
Ogni via di sottrarsi al meritato
Giusto gastigo...

AGESISTRATA

Giusto? — Oserai, dimmi,
Qui appresentarlo, in questo foro, a Sparta

(1) Tu règnes sur Sparte en roi Persan, *c'est-à-dire en roi absolu.*
(2) Vo' *pour* voglio.

Tutta adunata, e libera dal fiero
Terror dell' armi tue ?

LEONIDA

Noto finora
Non m'è il voler degli efori ; ma...

AGESISTRATA

Noto
Mi è dunque il tuo, pur troppo ! Agide innanzi
Non agli efori compri (1), a Sparta intera
Tratto esser debbe ; o verrà Sparta a lui,
Ciò ti prometto, ancor che inerme donna,
Se pria del figlio me svenar non fai.

SCENA QUINTA

LEONIDA, AGIZIADE

AGIZIADE

Io dal tuo fianco non mi stacco, o padre ;
Non cesso io, no, di atterrarmi a'tuoi piedi,
Non tue ginocchia d'abbracciar, se pria
Lo sposo a me non rendi ; o se con esso
Me di tua man tu non uccidi.

LEONIDA

O figlia
Diletta mia ; deh ! sorgi ; a me dal fianco
Non ti partir, null'altro io bramo. Hai meco

(1) Compri *pour* comprati.

Generosa diviso i tanti oltraggi
Di rea fortuna, è ben dover, che a parte
Della prospera sii : niun più possente
Sarà di te sovra il mio cor ; te voglio
Sotto il mio nome, arbitra far di Sparta :
Nè cosa mai...

AGIZIADE

Che parli ? Agide chieggo ;
Null' altro io voglio. A me tu il desti ; e torre
No, non mel puoi, se vita a me non togli ;
Nè torlo a Sparta sensa orribil taccia
D'ingiusto re, d'uom snaturato e atroce.

LEONIDA

Come acciecarti or tanto puoi ? Non vedi,
Ch'Agide è reo ? Ma fosse anche innocente,
Non vedi, ch'egli in mio poter non stassi ?
Gli efori udirlo, giudicare il denno (1)
Gli efori : nulla io per me sol non posso,
Nè a pro, nè a danno suo.

AGIZIADE

Sei padre ; m'ami ;
A fera prova il filial mio amore
Hai conosciuto ; e simular vuoi pure
Con la tua figlia ? — A tradimento, or dianzi
Il potevi tu solo al carcer trarre,
E innocente salvarlo or non potresti ?
Deh ! Non sforzarmi a crederti...

(1) denno *pour* debbono, devono, deggiono, deono.

LEONIDA

Che vale?
Nulla in ciò posso : anzi è mestier ch'io tosto
D'Agide conto, e del mio oprare a un tempo,
Renda agli efori.

AGIZIADE

Ah, no! Più non ti lascio:
Nè crudo ordin puoi dar, che in parte anch' egli
Su la tua figlia non ricada...

LEONIDA

Or cessa;
Torna alla reggia mia...

AGIZIADE

Teco men vengo.
Tutto farai, tutto dei fare, o padre,
Pel tuo innocente genero, che salva
T'ebbe la vita... Ah! no, svenar nol puoi
Se la tua propria figlia non uccidi.

ATTO QUARTO

Limitare del carcere di Sparta

SCENA PRIMA

LEONIDA, ANFARE
POPOLO (che si va introducendo).

ANFARE

Tardo assai giungi, e il tempo stringe.

LEONIDA

Al padre
L'indugio dona : mi fu forza or dianzi
Fin nella reggia accompagnar la figlia.
Io dal fianco spiccarmela a gran pena
Potea, si forte ella in pianto stempravasi
Per lo suo sposo. Assai gran doglia in core
Il suo pianto mi lascia.

ANFARE

E che ? Turbato,
Commosso sei ? Più della figlia forse
Ti cal, che non di tua vendetta ?

LEONIDA

Abborro
Agide più, che non m'è caro il trono :
Ma pure i detti della figlia e i pianti
Duri a me sono. — Eccomi all' opra : il tutto
Disposto hai tu ?

ANFARE

Nol vedi ? in questo vasto
Limitar delle carceri mi parve
Fosser da porsi i seggi nostri ; il loco,
Men capace che il foro, assai men feccia
Ragunerà di plebe : ma pur tanta
Introdur quì sen può, quanta n'è d'uopo
A nostre mire. Havvi all'entrar chi veglia,
E in copia ammette i nostri fidi. — Or mira ;
Già più che mezzo è riempito il loco ;
Nè alcun v'ha quasi degli avversi a noi.
Per anco il grido non s'è sparso appieno
Del gran giudizio : e spero, anzi che giunga
A intorbidarlo con sua fera scorta
L'ardita madre, avrem compito il tutto.

LEONIDA

Ma sei tu certo che tornarne a danno
Or non possa tal fretta ?

ANFARE

Oltre la nostra
Dignità, stan per noi forze non poche.
Grande accortezza or nell'espor le accuse

Vuolsi , e giusti mostrarci ai nostri stessi
Dobbiamo, e del lor ben, più che del nostro,
Caldi amatori. Alcun tumulto forse
Insorger può ; previsto è già. Ma basta
Per noi che più non esca Agide vivo
Di queste mura. Al primo impeto audace
Della plebe far fronte i tuoi soldati,
E i cittadini nostri appien potranno,
E degli efori il nome, e l'ardir tuo.
Tempo intanto si acquista, e avrem dal tempo
Piena poi la vittoria.

LEONIDA

Ecco il senato ;
Ecco gli efori tutti : il popol molto
Li segue, e par non torbido in aspetto ;
Lieto anzi par di assistere all'accusa
Di un re sovvertitore. Ardire, ardire !
Mentr'io gli animi lor, con opportune
Lusinghe adesco, al carcer entra, e in breve
Agide a noi ben custodito traggi.

SCENA SECONDA

LEONIDA, POPOLO, EFORI, SENATORI,

(Ciascuno collocato ordinatamente)

LEONIDA

Lode agli Dei ! quì radunarsi veggio
I cittadini veri e non frammisti

Con la torbida, audace e sozza plebe
Che col numero suo voi ne strascina
Negli error suoi, mal grado vostro. — A Sparta
Inaudito spettacolo si appresta,
Il maggior che ad uom libero mai possa
Appresentarsi : un vostro re, dai vostri
Efori tratto, ed accusato, innanzi
A voi. Gli error ne udrete, e le discolpe,
E il giudizio di cui voi stessi parte
Sarete, spero. Io, benchè re, con gioia
Pur ve l'annunzio. Ah ! Non ebb'io tal sorte
In quel funesto a me, non fausto a Sparta,
Orribil giorno, in cui dal trono in bando
Cacciato, in forse della vita io stetti.
Non accusato e non udito, a ria
Forza soggiacqui allora ; eppur più doglia
Che l'ingiusto mio esiglio, erami al core
Il sovvertito ordin di leggi, e il fero
Periglio in cui lasciava io Sparta. Instrutti
Voi stessi al fin dai vostri danni appieno,
Me richiamaste, e in un le leggi, in trono :
Agesilào, Cleombroto, e i lor fidi
Efori, a Sparta traditori, in bando
Cacciaste. Agide resta : havvi chi reo
Nol vuole ; e forse ei reo non è. Ma intanto
Io preso il volli, ed al altro fin nol tengo
Che per chiarirlo in faccia a voi. S'ei fosse
Reo convinto pur mai, primier mi udreste
Implorar pel mio genero perdono :
Che agli occhi vostri, e ai miei, sua giovinezza

Nol rende affatto or di pietade indegno.
Efori, senatori, cittadini,
La vera vostra maestà non sorse
A dritto mai più nobile di questo :
Conoscer oggi e perdonare i falli
Dei vostri re ; che sottopongo io pure
Oggi a voi l'opre mie. Prova non lieve
Del cor mio puro, e del regnar mio giusto,
Parmi fia (1) questa ; ed io di darla anelo.
A tremar delle leggi Agide insegni
A Leonida re. — Ma già si appressa
Agide al vostro tribunale : ed ecco
Ch'io taccio, e seggo ; io, cittadino, attendo
Dai cittadin dell'alta lite il fine.
Ben sostener d'ogni mia forza io giuro,
Qual ch'esser possa, la immutabil, santa,
Libera, vostra unanime sentenza.

SCENA TERZA

ANFARE, AGIDE (fra guardie), LEONIDA,
POPOLO, EFORI, SENATORI

ANFARE

Spartani, efori, re, costui ch'io traggo
Davanti al vero tribunal di Sparta,

(1) Fia : *est.*

Agide egli è d'Eudàmida. Già il regno
Con Leonida ei tenne ; il cacciò poscia
Dal trono, a cui nuovo collega assunse
Cleòmbroto. A voi piacque, indi a non molto,
Ridomandar Leonida, che il seggio
Ritoglieva a Cleòmbroto. Nel sacro
Asilo allor quest'Agide fuggiva :
Perchè fuggisse, ei vel dirà. Fin ch'egli
Là ricovrava, ei re non era ; il trono
Abbandonato avea : ma non privato
Era ei perciò ; che non avea deposta
Sua dignità, nè stata eragli tolta ;
Non innocente, poichè asil sceglieva ;
Non reo, poichè niun l'accusava. In vostra
Possanza il diero (1) oggi di Sparta i Numi,
Senza che violato il santo asilo
Fosse da alcun di noi. Lo accuso io quindi
Ora, a voi tutti, di mutate, infrante,
Tradite leggi ; di tiranniche armi
In Leonida e gli efori adoprate ;
Di tiranniche mire, a cui fea (2) base
La ribellante compra (3) infima plebe :
E, per stringere in fin tutti i suoi tanti
Delitti in un, di aver tradita e lesa
La maestà di Sparta, a voi lo accuso.

(1) Diero *pour* diedero, dettero, dierono.

(2) Fea *pour* faceva.

(3) Compra *pour* comprata.

AGIDE

Solenne in vero, e dignitosa pompa
Questa fia (1) : ma, perchè di affar tant'alto
Sparta non è quì testimonio intera ?
Perchè, qual suolsi ogni accusato, al foro
Non son io tratto ? — È ver, gli efori veggio,
E un re quì stassi, e del senato un'ombra :
Ma pur per quanto l'occhio intorno io giri,
Non vegg'io cittadini, altri che pochi,
Potenti, e misti infra gli armati sgherri.
La maestà del popolo di Sparta
Fia (2)questa or forse ? Io, non che Sparta tutta,
Grecia vorrei quì tutta a udire intenta
E le tue accuse, e le discolpe mie.
Or, poichè tanta è in voi de'miei delitti
L'ampia certezza, or dite ; a che pur tormi,
Con si gran parte d'ascoltanti, a un tempo
Della vergogna mia cosi gran parte ?

LEONIDA

Per quanto il soffra il loco, assai gran folla
Di cittadini or vedi, Agide, accolta.
Trarti dal limitar del carcer tuo,
Tu il sai che fora un cimentar pur troppo
La dignità degli efori e la stessa
Tua innocenza, ove l'abbi. Udiati Sparta,
Del tuo asilo in discolpa, addur finora,
Che tor cosi tu stesso alla tua plebe

(1-2) Fia : *est.*

De'tumulti volevi ogni pretesto,
E ogni mezzo di sangue : infra sue grida,
Come or vorresti al suo cospetto andarne,
E un giudicio ottener libero e queto ?

AGIDE

Queto giudicio, e il men dannoso a voi
Stato sarebbe il percussor mandarmi
Tosto al carcer : ma questo, assai men queto
Fia di quel che sperate. In me non parla
Il timor, no ; del mio destin già certo,
Securo quì, del par che al foro, io vengo.
Già la sentenza mia so senza udirla :
Ma, non ne avrò pur danno altro giammai
Che quel ch'io da gran tempo ho fermo in core
Di aver da voi. — Giudici, e quai che siate
Voi spettatori ; io vi prevengo or tutti,
Ch'io, condannato in queste mura e ucciso,
Non perciò pace col morir vi rendo,
Com' io il vorrei : ne voi, col trarmi a morte,
In sicurtà vi rimanete. — Or sia
Ciò ch'esser vuole. Udiam le accuse.

ANFARE

In nome
Io ti parlo degli efori ; me ascolta. —
Agide, hai tu, senza nè udirlo, astretto
All' esiglio Leonida ?

AGIDE

Chiamato
Ei fu in giudicio ; e sen fuggia.

LEONIDA

Chiamato
Io fui, nol niego, ma davanti a fera
Tumultante plebe. Esser potea
Giudicio, quello ?...

AGIDE

Al par di questo, almeno.
Ma, il fuggir ti fu dato : in carcer dunque
Non eri tu. Mezzi a me pur di fuga
Non mancavan finora ; e al carcer venni,
Ed in giudicio stommi : e, qual ch'ei fia (1)
No, nol pavento. Io'l desiava e godo
Di udire al fin ; di farmi udire io godo.

ANFARE

Infrante hai tu le patrie leggi ?

AGIDE

Intere
Restituir le sacre leggi io volli
Del gran Licurgo ! elle non fur (2) mai tolte,
Ma inosservate, or da gran tempo. Opporsi
Volle a sì giusta e generosa impresa
Leonida : pria l'arte, indi la forza
Oprava in ciò ; ma entrambe invano ; allora
Vinto ei più dalla propria sua vergogna
Che dalla forza altrui, per minor pena

(1) Quel ch'ei fia : *quel qu'il soit.*
(2) fur *pour* furono.

Ei s'imponeva l'esiglio. Ei stesso il dica
Se danno io poscia, o securtade e vita
A lui recassi. Al suo fuggir, sol uno,
Di Sparta un grido ogni oprar suo biasmava,
Ogni mio benediva. Allora spenti
Eran gl' iniqui crediti ; comuni
Feansi (1) allor le ricchezze ; allora in bando
Uscian di Sparta il lusso e i vizii insieme,
E il torpido ozio : e risorgeano in somma
Virtude allora e libertade. Avreste
Voi di negarlo ardire ? — Ecco i delitti
Del mio breve regnar dopo la fuga
Di Leonida vostro.

ANFARE

Osi tu forse
Negare ancor che di tai beni all' esca
Colti e delusi i cittadini, in breve
Non fosser tratti a fero strazio ? I campi
Promessi ognora e non divisi mai ;
Fatti i ricchi, mendici ; entrambi oppressi ;
Negherai tu che a trasgredite leggi,
Quai tu nomi le nostre, allor la cruda
Tirannia di te sol non sottentrasse ?
E tirannide in ciò più ria di tanto
Che a se di leggi fea mendace velo

AGIDE

Mentr'io per voi di Sparta in campo usciva,
Mentre agli Etoli in armi io pur mostrava,

(1) Feansi pour facevansi.

Con danno lor, nuovi Spartani in armi,
D'eforo fatto Agesilào tiranno,
Ei commettea molt'opre in Sparta inique.
Volete voi del suo fallir me reo ?
Io la pena ne accetto ; ove pur colga
D'alcune mie virtudi il frutto Sparta :
Virtù, che voi, di mal talento pieni
Pur negar non mi ardite. — Offeso v'hanno
Non di Licurgo le tornate leggi,
(Tanto io feci, e non più) ma i crudi modi
D'Agesilào? Che fare altro vi resta
Che me svenare, e proseguir mie imprese ?

ANFARE

E a disfar Sparta Agesilào ti mosse ?

AGIDE

A rifar Sparta, io da me sol mi mossi,
Perchè Spartan son io

ANFARE

Di'; riconosci
Per vero re Leonida ?

AGIDE

Conosco
Un spartano Leonida, che cadde
In Termopile morto, con trecento
Spartani, a pro di Sparta.

ANFARE

In cotal guisa
Rispondi tu ? La maestà si poco
Del senato e degli efori rispetti ?

AGIDE

La maestà di Sparta osservo, e adoro
Nel risponder così.

ANFARE

Colpevol dunque
Tu ti confessi ?

AGIDE

E me colpevol tieni
Tu, che mi accusi ? — Omai si ponga, omai
Fine si ponga al simulato gioco.
Discolpe io do pari all'accuse. Io venni
Quì, per mostrare anco ai nemici miei,
Ch'io cittadino re, per quanto il possa
Soffrir l'altezza d'animo innocente,
Spontaneo me sottomettea pur anco
Delle leggi all'abuso. — Or, quai che siate,
Udite, o voi, le mie parole estreme.

ANFARE

A udir, che resta ?

AGIDE

Assai ; ma in brevi detti.

ANFARE

Nulla dei dire...

AGIDE

Eforo tu, le leggi
Non rimembri, o non sai ? Parlano a Sparta
Gli accusati, se il vonno (1). Odimi dunque
Tu stesso, e taci. E voi Spart ani, udite. —
In error sete or da più cose indotti :
D'Agesilào l'oprar, d'Anfare i gridi,
Di Leonida l'arte, il tacer mio,
Tutto a gara ingannovvi. A tal siam giunti
Noi tutti omai, che a trar d'error ciascuno,
Egli è mestier ch'Agide pera. Io stesso
Già potea di mia mano a me dar morte
Libera e degna ; ma il fuggir di vita,
Reo presso voi fatto mi avria. Ben certo
Era, e sono, in mio cor, che infamia nulla,
Bench'io soggiaccia a giudici, qualunque
Mai non fia per tornarmene. Lasciarmi
Trar vivo io quindi a' miei nemici innanzi
Sceglieva e stovvi. Che il morir non temo,
Vedretel voi : ch'io vendervi ancor cara
Potrei mia vita ove il volessi, noto
Faravvel tosto di adirata plebe
Il terribile grido : in fin, ch'io tengo
Più in pregio assai, che non me stesso, Sparta,
Ven farà certi il morir mio. — Vi esorto
E vi scongiuro, a trarre dal mio sangue
L'util di Sparta, e il vostro. I campi e l'oro

(1) Vonno *pour* vogliono.

Che la mente or vi acciecano, e di pochi
In man ridotti, ai possessori al pari
Fan danno e a chi n'è privo ; i campi e l'oro,
Per non voler dividerli coi vostri
Concittadini, a voi fian (1) tolti, e in breve,
Dai nemici. La plebe, a voi si vile
Perchè mendica, la Spartana plebe
Che abborre voi, ricchi, possenti e forti,
Più delle leggi, è molta ; aspra la stringe
Necessità feroce. Ove a voi giovi
Rimembrar che di Sparta e di Licurgo
Figli son essi al par di voi, ben ponno (2)
Splendor di Sparta esser costoro ancora,
E in un, di voi salvezza. In altra guisa
Sparta e se stessi annulleranno, e voi.
Maturo è omai, credete a me, maturo
È il cangiamento : il ciel non vuol ch'io 'l vegga ;
Ma vuol ch'ei segua : ad affrettarlo è d'uopo
D'Agide il sangue, et il sangue Agide dona.
Di voi pietà, non di me, sento : e queste
Parole son d'uom che morir sol brama,
E che non reca altro desire in tomba
Che di salvar la patria sua. Già posto
D'Agide in salvo è il nome : a far me grande
Ch' altri ad effetto i miei disegni adduca
Non fia mestier ; anzi, gran parte invola
A me di gloria il riuscir d'altrui,

(1) fian *seront*.

(2) Ponno *pour* possono.

Dopo il tentar mio vano. Ultimo sfogo
Di vostra rabbia, il mio morir sia dunque ;
Di vostra invidia spenta il frutto primo
Sia la virtù ripatriata, e l'alte
Divine leggi di Licurgo in forza
Tornate, e la spartana eccelsa gara
Di patrio amor, di libertade, e d'armi.

POPOLO

Grande è l'animo d'Agide : ingannati
Forse noi fummo...

ANFARE

Il sete (1), ora, da questi
Sediziosi detti...

AGIDE

Efori, or quanto
Vi avanza a dir m'è noto. — Appien compito
Ho di un re cittadin l'ufficio estremo.
Io riedo al carcer mio, dalle cui mura
Nulla uscirà d'Agide omai, che il nome.

(1) Sete *pour* siete.

SCENA QUARTA

LEONIDA, ANFARE, POPOLO, EFORI, SENATORI

POPOLO

Ei qual reo non favella : è forza averne
Maraviglia e pietade.

LEONIDA

È ver, Spartani :
Sedotto ei fu da Agesilào ; par degno
Di perdono il suo errore. Il chieggo io stesso
Da voi, pel mio genero ; per quello
Che la vita salvommi...

ANFARE

Or stai davanti
Al senato ed agli efori : con essi
Parlar tu dei, Leonida. Le tue
Ragion private ai pubblici delitti
Non tolgon pena ; nè il perdon precede
Mai la condanna.

LEONIDA

Io, non che darla, udirla
Nè pur vo' (1) dunque. Agide a morte porre

(1) Vo' *pour* Voglio.

Non volli io, no, benchè morire ei merti.
Trarlo fuor dell' asilo, udirlo, e innanzi
Ai giudici convincerlo ; ciò solo
Importava, ed io'l feci : altro non resta
A far contr' esso. — Ah ! se del popol voce
Se del re preghi vagliono al cospetto
Del senato e degli efori, da loro
Vedrassi (io spero) di clemenza, in breve,
Nobile al par che memorando esemplo.

SCENA QUINTA

ANFARE, POPOLO, EFORI, SENATORI

ANFARE

Generoso nemico, ottimo padre,
Buon cittadin, Leonida, compiute
Egli ha sue parti tutte : a noi le nostre
Di compier resta. — Agide è reo convinto
Di maestade lesa : a lui, qual pena
Giusta si aspetti, efori, il dite.

EFORI

Morte.

POPOLO

Efori, ah ! grazia or vi chieggiam noi tutti :
Purch' ei lo stato omai non turbi...

ANFARE

Udite ?...
Lo udite voi, questo fragor tremendo,
Che a noi si appressa ? in suo favor di nuovo
Già tumultua la plebe. Agide vivo
E queta Sparta ? Ella è lusinga stolta.

EFORI

A morte, a morte il traditor ribelle ;
Agide muoia...

ANFARE

Ei morto fia (1), vel giuro. —
Con la rea sozza plebe ogni aspro incontro
Sfuggite intanto, o cittadini. E noi,
Efori, noi la maestà di Sparta
Con giusto ardir mostriamo. — Olà, schiudete
Soldati, il passo. Andiam ; nè vil, nè altero
Sia il nostro aspetto. Il non temer la plebe
Tosto in se stessa a rientrar la sforza.

(2) Fia : *sera*.

ATTO QUINTO

Interno del carcere di Sparta

SCENA PRIMA

AGIDE

Fere urla io sento, e un immenso frastuono
Intorno al carcer mio. — Numi di Sparta,
Deh ! Salvatela voi. — Duolmi che un ferro
Io non serbava, onde troncare a un tempo
Con la mia vita ogni tumulto. A lungo
Pur tardar non dovrian quei che a svenarmi
Mandati avrà Leonida. — Consorte,...
Diletti figli,... amata madre,... addio...
Più non vedrovvi !... A voi, memoria cara
Lascio di me... Ma, per la madre io tremo :
Sta in poter di Leonida... Che ascolto ?
Chi vien ? Si schiude il carcere !.. Che miro ?....
O mia sposa...

SCENA SECONDA

AGIDE, AGIZIADE

AGIZIADE

Son teco, Agide amato....
Dalla reggia del padre or mi sottraggo,

Ove a custodia ei mi tenea. La plebe
Del tuo carcer la strada hammi disgombra, (1)
E di vietarmen l'adito i soldati
Non ebber core. — Alfin son teco. — Io vengo
Sposo, a salvarti, ove salvarti io possa ;
O a morir teco io vengo.

AGIDE

Oh dolce sposa !
Il cuor mi squarci... Oh quanto il rivederti
Mi è gioia,... e pena !... A conservar mia vita,
(Ch'io'l potrei, se il volessi, con la morte
Di cittadini assai) l'amor tuo vero
Trarmi or solo potria. Ma, il sai, che amarti
Più che la patria mia, donna, nol deggio,
E tu stessa nol vuoi. Me dunque lascia
Morire ; e tu, serbati in vita ; i cari
Pegni tu salva, i figli nostri...

AGIZIADE

Invano
Di Leonida al fero odio sottrargli
Io tenterei : barbaro padre ; appieno
Nella prospera sorte ora il conosco ;
Nell' avversa ingannommi. A me null'arme
Riman, che il pianto ; egli nol cura : i nostri
Figli salvar dalla sua rabbia, o il puote
Sparta con l'armi, o nulla il può. — Ma padre
Dovresti almen mostrarti, e pe 'tuoi figli
Serbar tua vita...

(1) Disgombra *pour* disgombrato *ou* disgombrata.

AGIDE

Oh ciel ! qual mai mi porti
Terribil guerra in questo punto estremo ?
Amo i figli, e tu il sai : ma, non ben certo
È il morir loro ; et certo fia (1) che a rivi
Dei cittadini scorrerebbe il sangue
S'io di forza mi armassi. E questi e quelli
Son figli miei ; ma i cittadini sono
Di un giusto re figli primieri. O donna,
Meglio di me, se sopravviver m'osi
Tu puoi salvarli. Quel sublime, a un tempo
Tenero ardir, con cui seguivi il padre ;
Quello, con cui del mio destin ti eleggi
Farti or compagna ; quell'ardir sia scorta
A te, per porre i figli nostri in salvo.
Per quanto reo Leonida e crudele
Esser possa, ei t'è padre : ove i tuoi figli
Fra tue braccia tu stringa ; ove il tuo petto
Agli innocenti miseri sia scudo ;
Cuor non avrà di trucidarli. Ah ! corri,
Vola a lor fianco, in lor difesa veglia ;
Per essi vivi, o sol con essi muori ;
Che al viver più, nulla ti sforza allora.

AGIZIADE

Lassa me !... che farò ?... s'io te lasciassi,...
Serbarmi a forza il duro padre in vita
Vorria ;... qual vita ! Orba di te... Ma s'anco

(1) Fia *est*.

Vivi ei pur lascia i figli nostri,... il trono
A lor fia (1) tolto... Ah ! morir teco io voglio.

AGIDE

Donna, deh ! m'odi e acquetati... Saresti
Madre or men forte, che già figlia t'eri ?
L'ira mia non temevi, il dì che il padre
Seguivi ; e i figli, e il tuo consorte amato
Per lui lasciavi : or di quel padre istesso
Tremerai tu, quando pe' figli il lasci ?
Fuggir tu puoi con essi : assai grand'arme
Hai contra lui ; la tua virtude : hai mille
Mezzi a tentar, pria di morire. Ah sposa !
Te ne scongiuro, tentali ; ripiglia
L'alto tuo core ; e non mi torre il mio,
Con non maschi lamenti. Or, deh ! vorresti
Ch'io morissi piangendo? Ah ! No.— Se degna
D'Agide sei, non mi sforzare a cosa
Che sia d'Agide indegna.

AGIZIADE

E di qual padre
Fu indegno mai l'amar suoi figli, il porgli
A se medesmo (2) innanzi ?

AGIDE

Ai figli innanzi
La patria va. Sacro (3) il mio sangue ad essa

(1) Fia : *sera.*
(2) Medesmo *pour* medesimo *ou* medemo.
(3) Sacro *pour* Sacrato.

Ho da gran tempo ; ai nostri figli amati
Tu dei, s'è d'uopo, il tuo donar : ma prova
D'amor ben altro ad essi e a me tu dai,
Se a lor ti serbi in vita, Ancor può molto,
Più che nol pensi, il pianger tuo : la plebe,
Se Leonida no, pietade avranne ;
E senza spander sangue, a lei fia (1) lieve
Porre in salvo i miei figli. In somma, pensa
Che, te viva, non muore Agide intero.
In volgar donna ammirerei, qual prova
D'amore immenso e di valor sublime
Il non voler sorvivere al consorte ;
Ma da te spero, e da te chieggio, e il dei,
D'Agide moglie, ad infelice vita
Tu dei serbarti, intrepida, pe' figli...
Piangendo io'l chieggo ; e ti rimanga in core
Questo mio pianto... Ah! Per te sola al fine
E pe' fanciulli nostri, Agide hai visto
Lagrimar oggi.

AGIZIADE

Irrevocabil dunque
Fia il tuo morir ?...

AGIDE

La mia innocenza è certa. —
Prendi l'ultimo amplesso, e ai cari pegni
Recalo, in nome mio. Di'lor, ch'io moro

(1) Fia : est *ou* sera.

Per la patria ; di'lor, ch'ove al mio seggio
Pervenissero adulti, altra vendetta
Non faccian mai della morte del padre
Che rinnovar su l'orme sue le leggi
Del gran Licurgo ; e se in ciò pur, com'io,
Hanno avverso il destin, com'io da forti,
Nell'alta impresa perdano la vita.

AGIZIADE

Parlar non posso... Io... di lasciarti...

AGIDE

Un fido
Consiglio avrai nella mia degna madre,...
S'ella pur resta ! — Or via ; lasciami ; vanne.
Moglie, regina, madre, cittadina,
Spartana sei ; tuoi dover tutti adempi.

AGIZIADE

Per sempre?... Oh ciel !...

AGIDE

Deh ! cessa.

AGIZIADE

Il piè tremante
Mal mi regge...

AGIDE

Deh ! vieni : uscita appena
Troverai scorta, e appoggio.

AGIZIADE

Oimè!... Si schiude
La ferrea porta...

AGIDE

Guardie, a voi la figlia
Del vostro re consegno.

AGIZIADE

Agide... Ah! crudi!...
Lasciar nol voglio... Agide!... addio..

SCENA TERZA

AGIDE

Me lasso!...
Misero me!... Quante mai morti in una
Aver degg'io? Dolor qual mai si agguaglia
Al duol di padre, e di marito? — O Sparta
Quanto mi costi!... Eppur, Leonid' anco
È padre: in cor grato un presagio accolgo
Che alla sua figlia ei donerà i miei figli. —
Or basta il pianto. — Al mio morir mi appresso.
Da re innocente, e da Spartano, io deggio
Morire... Oh come vien lenta la morte! —
Ma un' altra volta, ecco, ch'io strider sento
Del mio carcer la porta?... e raddoppiarsi
Odo anco gli urli a queste mura intorno?...
Che mai sara?... Chi veggio?

SCENA QUARTA

AGIDE, AGESISTRATA

AGIDE

O madre. . Oh cielo!

AGESISTRATA

Figlio, mancarti all' ultimo uopo mai
Non ti potea la madre. Io quì ti arreco
Libertà, di noi degna. — In altra guisa
Dartela volli; ma quand' era il tempo
Ogni mezzo tu stesso a me n'hai tolto.

AGIDE

E che? Vuoi tu con le Spartane grida?...

AGESISTRATA

Sparta invan grida. Il traditor tiranno
Si ben munito ha di soldati il loco
Che nulla or ponno (1) i fidi nostri : indarno
Tentan sforzarli ; perditor respinti
Sono, ed inerti, ed avviliti. Innanzi
Io mi spingeva a'rei soldati in mezzo ;
Fere voci suonavanmi da tergo,
Per me gridando : « Empii, alla madre ardite
Tor l'accesso ? » Mi vide Anfare allora ;
Loco fe (2) darmi, e quì son tratta.

(1) Ponno *pour* possono.
(2) Fe *pour* fece.

AGIDE

Iniquo
Te pur fra lacci ei volle. Ahi madre! A quale
Rischio inutil per me?...

AGESISTRATA

Rischio? Che parli?
Appo il mio figlio, a certa morte io vengo.
Vedine, in prova, il don ch'io reco.

AGIDE

Un ferro? —
Oh madre vera! — Altro desio che un ferro
Per salvar Sparta, e me sottrarre al colpo
D'infame man, non accogliea nel petto:
E tu mel rechi? Oh gioia! — Or dammi...

AGESISTRATA

Scegli:
Due ferri son; quel che tu lasci, è il mio.

AGIDE

Oh cielo!... E vuoi?

AGESISTRATA

Donna mi estimi, o madre
D'Agide, tu? Pochi mi avanzan gli anni
Di vita: Sparta, che invan salva speri,
Serva è già: la tua madre, ov'ella resti

Di Leonida è serva. Or parla ; io t'odo :
Osi tu dirmi, che a tai patti io viva (1).

AGIDE

Che posso io dir ? Son figlio. — O madre almeno
Soffri che primo io pera : ancor che serva,
Sparta estinta non è ; quindi ancor salva
Altri può farla. In libertà il mio sangue

(1) Alfieri me parait avoir sacrifié aux idées de son époque en donnant pour dénouement à sa tragédie le suicide d'Agis et de sa mère, contrairement à l'histoire. Ses héros, en se poignardant, lui paraissent plus magnanimes qu'en attendant leur supplice. C'est là une erreur, à mon sens. Le suicide est un acte de désespoir. Or l'homme n'a pas le droit de désespérer ; son devoir est d'espérer contre toute espérance. Sait-il péremptoirement ce que l'avenir lui tient en réserve ? Il y a loin de la coupe aux lèvres, dit le proverbe avec juste raison. L'homme n'est pas le maître absolu de sa destinée. Il n'a sur elle qu'une influence relative. Les évènements extérieurs le maîtrisent plus qu'il ne les domine. Sait-il ce qu'il devient après sa mort ? Les données qu'il croit avoir sur ce qui se passe outre tombe sont des données de pure foi, soit religieuse, soit philosophique, matérialiste ou spiritualiste. Quel sort le suicide doit lui procurer ? Il l'ignore. Il a la possibilité de se tuer sans doute ; mais ce n'est pas une raison pour qu'il en ait le droit. Accepter avec courage les coups du sort est plus conforme à la loi de la nature humaine que de chercher à leur échapper par le suicide. L'Agis et l'Agésistrate historiques me plaisent plus, sous ce rapport, que ceux de la tragédie. *Note de l'éditeur.*

Potrà ridurla forse : ma s'io, vile,
Per non versare il mio, lasciato avessi
Sparger per me dei cittadini il sangue,
Già più Sparta or non fora.

AGESISTRATA

In te (pur troppo !)
Sparta or si estingue. Ed alla patria, al figlio
Sopravviver vorrà Spartana madre ?
Figlio, abbracciami.

AGIDE

Oh madre ! Anco m'avanzi
Nell' altezza dei sensi. — Or dammi, e prendi
L'ultimo amplesso. Io lagrimar non oso
Nell' abbracciarti ; che il tuo pianto io veggo
Da viril forza raffrenato starsi
Sopra il tuo ciglio.

AGESISTRATA

Agide mio,... sei degno
Di Sparta in vero ;... ed io di te son degna. —
Ch'io ancor ti abbracci... Oh ! Qual fragore ?...

SCENA QUINTA

AGIDE, AGESISTRATA, LEONIDA, ANFARE
Soldati col brando ignudo

LEONIDA

Al fine
Vinto abbiam noi.

AGESISTRATA

Che fia ? (1)

AGIDE

Deh ! Non scostarti
Da me.

ANFARE

Soldati, ucciso Agide sia
Pria della madre.

AGIDE

Il tuo pugnal nascondi
Com' io, per poco ; ed aspettiamgli ; e taci (2),

ANFARE

Or, chi v'arresta ? A che indugiate ? A forza
Disgiungeteli tosto.

(1) Che fia ? : *Qu'est-ce ? Qu'arrive-t-il ?*

(2) I soldati vedendo Agide immobile che gli aspetta, a un tratto tutti si arrestano.

AGIDE

In noi por mano
Qual di voi, qual, si attenterebbe ? — Il vedi,
Re Leonida, il vedi ? Anco i tuoi stessi
Compri (1) soldati, instupiditi stanno
D'Agide a fronte immobili. — Ma voglio
Trarti tosto d'angoscia. A te sol' una
Cosa richieggo.

LEONIDA

E fia ? (2)

AGIDE

Che intento vegli
Su la tua figlia, affin che me non segua.

LEONIDA

T'ama ella tanto ?

AGIDE

Più che non mi abborri. —
Ma te pur ama, e ten diè prova ; e in somma,
Tu sei pur padre : i detti ultimi miei
Fur (3) questi. — Io moro (4). — Pur.. che.. a Sparta [giovi.

ANFARE

Un ferro egli ha ?

(1) Compri *pour* comprati.
(2) E fia ? : *Et quelle est-elle ?*
(3) Fur *pour* furono.
(4) Brandisce in alto il ferro, e si uccide.

AGESISTRATA

Due ne recai (1). — Ti seguo,...
O figlio ;.. e morta.. sul tuo.. corpo.. io cado..

LEONIDA

Di maraviglia, e di terror son pieno...
Che dirà Sparta ?

ANFARE

I corpi lor si denno (2)
Alla plebe sottrarre...

LEONIDA

Ah ! Mai sottrarli
Mai non potrem dagli occhi nostri, noi.

(1) Palesa anch'ella il suo ferro, e si uccide.
(2) Denno *pour* deono, devono, debbono, deggiono.

PARERE DELL'AUTORE SULLA TRAGEDIA « AGIDE »

Nella breve dedicatoria da me premessa all'Agide, avendone io toccato alquanto il soggetto, non molto mi dovrebbe ora rimanere ad aggiungervi. È questa, la quarta mia tragedia di libertà : ma io credo, che quella divina passione venga quì ad assumere un aspetto affatto diverso e nuovo, dal ritrovarsi ella così caldamente radicata nel cuore di un re. Un tal soggetto, che se non fosse testimoniato dalle storie, parrebbe ai tempi nostri impossibile ; un tal soggetto, vista la comune natura dei re e degli uomini, non è forse facile ad esser presentato a popoli non Greci nè Romani, sotto aspetto di verisimiglianza. Ed ancorchè io pur fossi riuscito a renderlo tale, non mi lusingo perciò di avere altresì riuscito ad appassionare gli spettatori per Agide.

Tra molte ragioni, che assegnarne potrei, questa principalissima mi basti sola ; gli uomini pigliano poca parte alle sventure di colui che precipita manifestamente se stesso, mosso à ciò da una passione che essi non credono vera, nè quasi possibile, perchè non la sentono. Questa ragione milita assai meno in tutte le altre mie tragedie di libertà, in cui per lo più è un privato oppresso che congiura contra un potente oppressore : nel qual caso la invidia, passione la più comunemente naturale nell'uomo volgare, opera nel suo cuore quello stesso effetto che negli alti animi opera l'amore di libertà ; e quindi egli vede con piacere e commozione che chi opprimere voleva, oppresso rimanga. Ma un re (benchè un re di Sparta fosse una cosa assai diversa dagli altri tutti) un ente pure, che porta il nome di re, e che vuole a costo del trono, della vita, e perfin della propria fama, porre in libertà il suo popolo fra cui egli pur non è schiavo, e nella di cui libertà egli perde molta potenza e ricchezza, senza altro acquistarvi che gloria e anche dubbia ; un tal re, riesce di una tanta sublimità, che agli occhi di un popolo non libero egli dee parere più pazzo che sublime.

Una tragedia d'Agide potrebbe forse ottener sommo effetto in una republica di re ; cioè in quel tal popolo, (tale è stato per assai tempo il Romano) in cui vi fossero molti grandi potenti, che tutti potrebbero per la loro influenza attentarsi di assumere la tirannide ; ma dove, non essendo tuttavia ancora corrotti, pochi vi penserebbero, e nessuno lo ardirebbe ; perchè quei potenti si crederebbero pur anco più grandi per l'essere eguali fra loro e non tiranni del popolo, che non pel diventare, col mezzo della forza, l'esecrazione o l'obbrobrio dei cittadini tutti, a cui si verrebbero con un tale attentato a manifestare di gran lunga minori in virtù. Una tal repubblica riapparirà forse un giorno in Italia, sì perchè tutto ciò che è stato può essere, sì perchè la pianta uomo in Italia, essendovi assai più robusta che altrove, quando ella venga a rigermogliare virtù o libertà, la spingerà certamente (come già lo ha provato coi fatti) assai più oltre che i nostri presenti eroi boreali, fra cui la libertà si è piuttosto andata a nascondere, che non a mostrarsi in tutto il suo nobile e sublime splendore.

Ma tornando io alla tragedia, e giudicando quest' Agide con i nostri dati, la reputo tragedia di un sublime più ideale che verisimile, e quindi pochissimo atta ad appassionare i moderni spettatori.

Il carattere d'Agide, già è definito abbastanza dalla sentenza che si dà della tragedia.

Leonida è un re volgare. Una certa mezza pietà mista di maraviglia, ch'egli mostra per Agide dopo averlo incarcerato e successivamente sino al fine, potrà forse non ingiustamente parere una discordanza dal suo proprio carattere. Chi lo vorrà scusare, dirà che Leonida, come suocero d'Agide, come padre tenerissimo d'Agiziade, e tenuto ad Agide stesso della propria vita, potea benissimo, nel vederlo vicino a perire, sentire in se alcun contrasto in favor di un oppresso. Chi lo vorrà biasimare, dirà che quello stesso Leonida che nel terz' atto a tradimento imprigiona Agide, che nel quarto lo accusa, e nel quinto lo tragge a morir colla madre, non può sentirne pietà nessuna, e che fuor d'ogni verisimiglianza la finge. Io non ne dirò altro, se non che Leonida è uomo e re volgarissimo.

Agesistrata è una madre Spartana.

Agiziade, come moglie e madre affettuosissima, potrà pure alquanto commuovere : questi due affetti son d'ogni secolo,e d'ogni contrada.

Anfare è piuttosto un infame ministro di assoluto re,che non un magistrato indipendente in un misto governo. Ma, nella confusione d'ogni cosa in cui giacea Sparta, allora già corrottissima, e degna omai quasi di avere un assoluto re, io credo che Anfare potesse esser tale.

Questa tragedia potrà forse parere eccellente ad alcuni, mediocre a molti altri, e a taluni pur anche cattiva. Io non vi so scorgere dei difetti importanti di condotta ; ma ve li sapranno pur ritrovare quei molti, che giudicandola mediocre o cattiva, dovranno, per essere creduti, assegnarne dimostrativamente il perchè.

VITTORIO ALFIERI

AUX JEUNES ÉLÈVES

Vous avez lu la tragédie d'Alfieri sur Agis.

La vulgarité du roi Léonidas, son hypocrisie, sa soif de vengeance qui lui fait refouler les bons sentiments surgissant parfois dans son cœur, l'ambition effrénée de l'astucieux Amphare qui met en œuvre les plus iniques procédés pour se débarrasser d'Agis, ont dû susciter en votre âme une juste répulsion.

Par contre vous avez admiré Agésistrate, cette citoyenne de Sparte vraiment digne de ce titre, fière à bon droit de son fils. Vous l'avez vue ne craignant pas de jeter à la face de Léonidas tout le mal qu'elle pense de lui, de lui crier qu'il n'est qu'un tyran, que son seul but est de conserver, d'accroître son pouvoir et ses richesses. Vous l'avez entendue s'écrier : « Divinités de la patrie, si le sang peut seul apaiser votre courroux, Agide et moi nous mourrons pour la patrie : C'est pour elle que nous sommes nés. Que mon sang puisse être pour Sparte un moyen de relèvement ! »

Vous aurez voué votre sympathie à la douce Agiziade, malheureuse comme fille, comme épouse, comme mère, sans cesse tenaillée par un conflit de devoirs. On peut ergoter à perdre haleine sur sa décision d'abandonner son mari et ses enfants pour être l'Antigone de son père exilé : ne faisons pas de casuistique. Sa conscience a parlé ; elle l'écoute ; seule elle est juge. Quelle aimable créature !

Et Agis ! Quel grand et noble caractère. Il voit l'esprit public en décadence dans sa patrie, le peuple avili, les grands ambitieux et cupides. Cet état de choses doit amener fatalement la ruine de Sparte. Agis le sent. Pour tenter de rendre à sa patrie la force et la grandeur, il lui sacrifiera sa vie et même sa renommée. Il acceptera l'infamie aux yeux de la postérité, si Léonidas lui jure d'accomplir les réformes qui doivent, à ce qu'il pense, donner à Sparte puissance et splendeur.

Alfieri, en créant ce personnage d'Agis, conforme d'ailleurs au caractère du héros historique, nous donne une grande leçon.

La soif des jouissances matérielles, celle de l'or qui les procure ont perdu toutes les nations qui n'ont pas su réagir contre les mauvaises mœurs. C'est là une loi aussi fatale que les lois de la nature. Elle se vérifie dans l'histoire des grands empires qui ont brillé un certain temps, puis disparu. Cette loi s'appliquera à notre pays si nous ne voulons pas obéir aux lois morales qui rendent les individualités et, par elles, les collectivités, saines, fortes et aptes à résister. Ce ne sont ni les fusils, ni les canons, ni les cuirassés qui défendent le mieux les peuples ; mais les bras vaillants au travail, les têtes bien équilibrées pour penser et agir, les cœurs chauds pour aimer et se dévouer, les poitrines serrées côte à côte pour protéger mères, épouses et enfants.

Jeunes gens, qu'Agis soit pour vous un modèle de vertus civiques. Jeunes filles, que votre caractère soit un heureux mélange des natures d'Agésistrate et d'Agiziade. Je le souhaite pour vous, pour vos familles et pour la patrie.

L'éditeur :

E. Benoit-Germain,

Nimes, boulevard de la République, 2.

ERRATA

Page 23. Avant-dernière ligne : *la* au lieu de *l*.
Page 29. 8me vers : *e* au lieu de *et*.
Page 44. 1er vers : *ragion* au lieu de *rogion*.
Page 51. 2me vers : *In* au lieu de *n*.
Page 58. fin du 5me vers : point au lieu de virgule.

Nimes. — Imprimerie Générale, rue de la Madeleine, 21

www.ingramcontent.com/pod-product-compliance
Ingram Content Group UK Ltd.
Pitfield, Milton Keynes, MK11 3LW, UK
UKHW012049240726
13965UKWH00003B/1153